COLLECTION POÉSIE

FRANCIS PONGE

Pièces

GALLIMARD

L'INSIGNIFIANT

« Qu'y a-t-il de plus engageant que l'azur si cę n'est un nuage, à la clarté docile?

Voilà pourquoi j'aime mieux que le silence une théorie quelconque, et plus encore qu'une page blanche un écrit quand il passe pour insignifiant.

C'est tout mon exercice, et mon soupir hygiénique. »

LE CHIEN

Libre en allant je lis beaucoup, m'efforce par devoir de penser par ma foi par deux fois sur ces traces.

Amis..., voici...!

(Si j'ai pu m'exprimer j'aurai quelques lecteurs.)

7

LA ROBE DES CHOSES

Une fois, si les objets perdent pour vous leur goût, observez alors, de parti pris, les insidieuses modifications apportées à leur surface par les sensationnels événements de la lumière et du vent selon la fuite des nuages, selon que tel ou tel groupe des ampoules du jour s'éteint ou s'allume, ces continuels frémissements de nappes, ces vibrations, ces buées, ces haleines, ces jeux de souffles, de pets légers.

Aimez ces compagnies de moustiques à l'abri des oiseaux sous des arbres proportionnés à votre taille, et leurs évolutions à votre hauteur.

Soyez émus de ces grandioses quoique délicats, de ces extraordinairement dramatiques quoique ordinairement inaperçus événements sensationnels, et changements à vue.

Mais l'explication par le soleil et par le vent, constamment présente à votre esprit, vous prive de beaucoup de surprises et de merveilles. Sous-bois, aucun de ces événements ne vous fait arrêter votre marche, ne vous plonge dans la stupéfaction de l'attention dramatique, tandis que l'apparition de la plus banale forme aussitôt vous saisit, l'irruption d'un oiseau par exemple.

Apprenez donc à considérer simplement le jour, c'est-à-dire, au-dessus des terres et de leurs objets, ces milliers d'ampoules ou fioles suspendues à un firmament, mais à toutes hauteurs et à toutes places, de sorte qu'au lieu de le montrer elles le dissimulent. Et suivant les volontés ou caprices de quelque puissant souffleur en scène, ou peut-être les coups de vent, ceux que l'on sent aux joues et ceux que l'on ne sent pas, elles s'éteignent ou se rallument, et revêtent le spectateur en même temps que le spectacle de robes changeant selon l'heure et le lieu.

LE PIGEON

Ventre nourri de grain, descends de ce côté,
Ventre saint gris de pigeon...

Comme un orage pleut, marche à très larges serres,
Surplombe, empiète le gazon,
Où d'abord tu as rebondi
Avec les charmants roucoulements du tonnerre.

Déclare-nous bientôt ton col arc-en-ciel...

   Puis envole-toi obliquement, parmi un grand éclat d'ailes, qui tirent, plissent ou déchirent la couverture de soie des nues.

LE FUSIL D'HERBE

Tel marche au bord de la route, ou sur l'étroit chemin de fer et de pierres qui la longe sur un côté,

Tel mâche à son bout le plus tendre, celui qui n'avait encore vu le jour,

Tel mâche le fusil d'herbe qu'il tire de sa juste-fourre, du fourreau poussiéreux que des racines retiennent au sol,

Qui rejette le jus amer, et de sa main le tube vide.

Le vent, l'ombre, le soleil passent des torchons, mettent tout en ordre dans cette pièce de la nature.

La veste ôtée, les manches de la chemise roulées au-dessus du coude, marchons jusqu'à l'endroit de notre repos, derrière une haie au coin d'un herbage.

Ici, faire intervenir un bourdon...

PARTICULARITÉ DES FRAISES

Le bourgeon muqueux des fraises rougeoie sous les feuilles basses.

Collons-y les « roses » (débris cristallins) du sucre...

Le trèfle du pédoncule tire avec lui, et sort de la fraise, un petit·pain de sucre relativement insipide.

Bêtes, allez sur la fraise que je vous ai découverte!

L'ADOLESCENTE

Comme une voiture bien attelée tu as les genoux polis, la taille fine; le buste en arrière comme le cocher du cab.

Tu te transportes, tu te diriges; ton esprit n'est pas du tout séparé de ton corps.

Pourquoi soudain t'es-tu arrêtée?

— Les deux ampoules d'un sablier peu à peu se comprennent.

On jouit à la gorge des femmes de la rondeur et fermeté d'un fruit; plus bas, de la saveur et jutosité du même.

*La crevette
dans tous ses états*

LA CREVETTE DIX FOIS (POUR UNE) SOMMÉE

... C'est alors que du fond du chaos liquide et d'une épaisseur de pur qui se distingue toutefois mais assez mal de l'encre, parfois j'ai observé qui monte un petit signe d'interrogation, farouche.

Ce petit monstre de circonspection, tapi tantôt d'aguet aux chambranles des portes du sous-marin séjour, que veut-il, où va-t-il?

Arqué comme un petit doigt connaisseur, flacon, bibelot translucide, capricieuse nef qui tient du capricorne, châssis vitreux gréé d'une antenne hypersensible et pleine d'égards, salle des fêtes, des glaces, sanatorium, ascenseur, — arqué, capon, à l'abdomen vitreux, habillé d'une robe à traîne terminée par des palettes ou basques poilues — il procède par bonds. Mon ami, tu as trop d'organes de circonspection. Ils te perdront.

Je te comparerai d'abord à la chenille, au ver agile et lustré, puis aux poissons.

A mon sac échapperont mieux ces stupides fuseaux de vitesse qui goûtent, le nez aux algues. Tes organes de circonspection te retiendront dans mon épuisette, si je l'extirpe assez tôt de l'eau — ce milieu interdit aux orifices débouchés de nos sens, ce cuvier naturel —, à moins que bonds par bonds rétrogrades (j'allais dire rétroactifs, comme ceux du point d'interrogation), tu ne rentres aux spacieuses soupentes où se réalise l'assomption, dans les fonds non mémorables, dans les hauteurs du songe, du petit ludion connaisseur qui caracole, poussé par quelle instigation confuse...

La crevette, de la taille ordinaire d'un bibelot, a une consistance à peine inférieure à celle de l'ongle. Elle pratique l'art de vivre en suspension dans la pire confusion marine au creux des roches.

Comme un guerrier sur son chemin de Damas, que le scepticisme tout à coup foudroie, elle vit au milieu du fouillis de ses armes, ramollies, transformées en organes de circonspection.

La tête sous un heaume soudée au thorax, abondamment gréée d'antennes et de palpes d'une finesse extravagante... Douée du pouvoir prompt, siégeant dans la queue, d'une rupture de chiens à tout propos.

Tantôt tapie d'aguet aux chambranles des portes des sous-marins séjours, à peu près immobile comme un lustre, — par bonds vifs, saccadés, successifs, rétrogrades suivis de lents retours, elle échappe à la ruée en ligne droite des gueules dévoratrices, ainsi qu'à toute contemplation un peu longue, à toute possession idéale un peu satisfaisante.

Rien au premier abord ne peut en être saisi, sinon cette façon de s'enfuir particulière, qui la rend pareille à quelque hallucination bénigne de la vue...

Assidue susceptible...

Primo : circonstances. Elle vit au comble de la confusion marine, dans un milieu interdit au contrôle de nos sens.

Secundo : qualité. Elle est translucide.

Tertio : qualité. Elle est embarrassée d'une profusion d'organes de circonspection hypersensibles qui provoquent ses bonds en retrait au moindre contact.

Hôte élu de la confusion marine, une diaphanéité utile autant que ses bonds y ôte à sa présence même immobile sous les regards toute continuité.

Primo : le bond de la crevette, motif de cinématique. Provocation du désir de perception nette, exprimée par des millions d'individus.

Secundo : grâce à son caractère non de fuite, mais de hantise, l'on arrive à saisir peu à peu quoi :

Tertio : un guerrier d'une allure particulière, dont les armes ramollies se sont transformées en instruments d'estime et de circonspection. Sa conquête en enquête.

Quarto : mais, justement, trop d'organes de circonspection la conduisent à sa perte.

Révélation par la mort. La mort en rose pour quelques élues.

Chaque crevette compte un million de chances de mort grise, dans la gueule ou la poche à sucs digestifs de quelque poisson...

Mais quelques élues, grâce à une élévation artificielle de la température de leur milieu, connaissent une mort révélatrice, la mort en rose.

Le révélateur de la crevette est son eau de cuisson.

Jadis, peut-être, grâce à toutes leurs armes, ces bêtes connurent-elles une noble assurance...

Mais on ne sait à la suite de quelle déception ou grande peur elles sont devenues si farouches.

Pourtant elles n'ont pas encore pris l'habitude de tourner le dos et de fuir.

Elles reculent, faisant toujours face.

Coiffée d'un casque, armée d'une lance, comme une petite pallas,

à la fois fière et farouche, caponne mais non fugitive,

entre deux roches, entre deux eaux,

au plus fort du remous des eaux,

elle sort toute armée;

elle part en conquête, en enquête...

Mais elle a trop d'organes de circonspection.

Elle en sera trahie.

Poursuivi par sa destinée, ou traqué par ses ennemis, un dieu naguère entre autres nommé Palémon entra aux flots, y fut adopté : galère évoluée, animal son propre forçat, sans matelots pentarème à branchies.

Tantôt tapi d'aguet aux chambranles des portes du sous-marin séjour, coite épave, quasi morte, aux vergues sans repos, il tâte sa liberté.

Puis, parmi les circonvolutions d'eau froide au creux du crâne ouvert des roches, poussé par quelle instigation confuse se risque-t-il, ludion farouche, peut-être convoqué par la seule attention?

Le corps arqué toujours prêt à bondir à reculons, il progresse très lentement, et poursuivant toujours sa minutieuse enquête.

La tête sous un heaume soudée au thorax et l'abdomen qui s'y articule comprimés dans une carapace mais vitreuse et flexible,

Pattes-mâchoires, pattes ambulatoires, pattes-nageoires, palpes, antennes, antennules : soit en tout dix-neuf paires d'appendices différenciés,

Anachronique nef, tu as trop d'organes de circonspection, tu en seras trahie.

A mon sac (de filet pour être confondu par toi avec le liquide) échapperont mieux ces stupides fuseaux de vitesse qui goûtent le nez aux algues et ne me laissent qu'un nuage de boue.

A moins que bonds par bonds rétrogrades, saccadés, imprévus comme ceux du cavalier dans la jungle d'un échiquier à trois dimensions, tu' ne réussisses une assomption provisoire dans les soupentes spacieuses du songe, sous la roche d'où je ne me relève pas aussitôt déçu.

La crevette ressemble à certaines hallucinations bénignes de la vue, à forme de bâtonnets, de virgules, d'autres signes aussi simples, — et elle ne bondit pas d'une façon différente.

C'est la forme envolée et bonne nageuse d'une espèce représentée dans les bas-fonds par le homard, la langoustine, la langouste, et, dans les ruisseaux froids, par l'écrevisse.

Mais est-elle plus heureuse? C'est une autre question...

Sa taille est beaucoup plus réduite que celle de ces lourdes machines, sa diaphanéité est égale à celle de l'ongle, la consistance de son tégument à peine inférieure.

Gréée d'antennes et antennules, palpes, pattes-mâchoires, etc... hypersensibles, toute sa force réside dans sa queue, prompte et qui l'autorise à des bonds qui déroutent la vue, et la sauvent de la ruée en ligne droite des gueules dévoratrices.

Toutes les cases d'un échiquier à trois dimensions lui sont permises, par bonds variés et imprévus.

Mais ces bonds sont retenus, sa fuite n'est pas lointaine, ses mœurs la condamnent étroitement à tel ou tel creux de roches.

Pas beaucoup plus mobile qu'un lustre, elle est donc l'hôte élu de la confusion marine au creux des roches.

C'est, dans un compartiment supérieur de l'enfer, un être victime d'une damnation particulière. Il tâte sans cesse sa liberté, il obsède le vide.

Gréé d'appendices hypersensibles et encombrants, il y est étroitement condamné par ses mœurs.

Prodigieusement armé, jusqu'aux plus minuscules articles, sa consistance est pourtant inférieure encore à celle d'un ongle.

Sa fuite n'est pas longue, ses bonds sont retenus, et sans cesse il revient aux lieux où sa susceptibilité est mise à l'épreuve...

Un compartiment de l'enfer : le creux des roches dans la mer, avec ses divers hôtes, victimes de damnations particulières.

Condamnation d'un être en ce milieu de la pire confusion marine, au creux des roches.

Par quelle instigation confuse quittes-tu ces bords, portée par le flot au milieu des ondulations qui se contre-disent sans cesse et sans pitié?

Gréée d'antennules plus fines qu'une lance de Don Quichotte, vêtue de cap en queue d'une cuirasse mais translucide et de la consistance de l'ongle, il semble que sa cargaison charnelle soit quasi nulle...

Plusieurs qualités ou circonstances font de la crevette l'objet le plus pudique qui soit au monde, celui qui met le mieux la contemplation en défaut.

D'abord elle se montre le plus fréquemment aux lieux où la confusion est toujours à son comble : au creux des roches sous-marines où les ondulations liquides sans cesse se contredisent, parmi lesquelles l'œil, dans une épaisseur de pur qui se distingue mal de l'encre, malgré toutes ses peines n'aperçoit jamais rien de sûr.

Ensuite, pourvue d'antennes hypersensibles, elle rompt à tout contact. Ce sont des bonds très vifs, saccadés, rétrogrades, suivis de lents retours.

C'est pourquoi cet arthropode supérieur s'apparente à quelque hallucination bénigne de la vue provoquée chez l'homme par la fièvre, la faim ou simplement la fatigue.

Enfin, autant que ces bonds, qui la retirent aux cases les plus imprévues de l'échiquier à trois dimensions, — une diaphanéité utile ôte, même à sa présence immobile sous les regards, toute continuité.

... Elle rougit de mourir d'une certaine façon, par l'élévation de la température de son milieu...

Rien de plus connaisseur, rien de plus discret.

Un dieu traqué entra aux flots.
Une galère ayant sombré évolua.

De la rencontre de ces deux désastres
une bête naquit, à jamais circonspecte :

La crevette est ce monstre
de circonspection.

LA CREVETTE EXAGÉRÉE

L'on ne peut concevoir d'endroit à ton insu, étendue
à plat ventre, au toit transparent d'insecte, obtecté
de tous les détails de l'univers, châssis vitreux gréé
d'une antenne hypersensible et qui va partout, mais
respectueuse de tout, sage, stricte, farouche, ortho-
doxe, inflexible.

Crevette de l'azur et de l'intérieur des pierres, monstre
à la prompte queue qui déroute la vue; sceptique,
arquée, douteuse, fictive, caponne crevette, qu'un
périscope plein d'égards universellement renseigne,
mais se rétracte à tout contact, fugace, non gêneur,
ne stupéfiant rien, pas le moindre battement de barbe
de cœlentéré, ni la moindre plume..., voltigeant à leur
guise.

Monstre tapi d'aguet, aux aguets de tout, aux aguets
de la découverte de la moindre parcelle d'étendue,
du moindre territoire jusqu'alors inconnu, par le plus
quelconque des promeneurs; guetteuse et pourtant
calme, assurée de la valeur, célérité et justesse de ses
instruments d'inspection et d'estime : rien de plus
connaisseur, rien de plus discret.

Mystérieux châssis, cadre de toutes choses, stable, immobile, détendu, indépendant de la froide activité de l'œil et du tact, promenant quelque chose comme le pinceau lumineux d'un phare en plein jour, et cependant le coup de son passage est sensible, perçu à date fixe aux endroits les plus déserts, les plages, les hautes mers de la terre, le théâtre intérieur aux pierres,

— Et jusqu'aux lieux où la solitude vue de trois quarts dos marche sans prendre garde au regard qui s'en abreuve, comme une mante religieuse, ou tout autre fantôme à petite tête attachée à un corps promeneur, — sans but, avec sérieux et une sorte de fatalité dans sa démarche, avec des voiles ou des membranes pour moins préciser sa forme.

Majestueusement, sentant passer sur sa face le coup lumineux du phare de l'étendue, mais sans retard, impassiblement, sans grimace, causant un appel d'air de noblesse et de grandeur, sorte d'ombre ou de statue me précédant de quelques mètres seulement :

Ce pouvait être un être humain, une figure d'allégorie, ou une sauterelle, quoiqu'elle ne procédât point par détentes ni par sauts, mais par une démarche continue, les pieds posant à plat alternativement sur le sol, la face dont on ne voyait qu'un profil perdu pouvant être aveugle, et ses voiles l'habillant de telle sorte que le volume de ses membres en soit fort accru, et le tout faisant constamment l'ondulation ou le geste propre à se faire suivre,

Non seulement par les tourbillons du sable, mais derrière quoi marche, la suivant de l'œil et du pas, avec un sentiment de respectueuse allégresse, sans obligation, sans tristesse, assuré de sa muette protection,

Ses voiles permettant de la suivre, de ne la point perdre de vue sans pour cela devoir déconsidérer le paysage, — elle conservant toujours son avance, sa pose, et ne tournant jamais la tête, — un homme, un enfant promeneur, ne se sentant point contrarié par la route qu'on lui fait suivre, ni par l'allure que l'on soutint, ni par la longueur de la promenade,

Et à qui tout à coup, toutes sortes de vents — lorsqu'il s'assit sur le bord de la dune, ce qui se produisit dès que la fatigue lui eut conseillé le repos et la résignation à ce que l'on appelle prendre conscience de soi-même —, toutes sortes de vents et de souffles d'une température délicieuse s'adressèrent alors, l'entourant et lui gardant fidèlement la face, les chevilles, les poignets et les joues, pendant l'assomption de la langouste dans l'azur.

Là, l'onde qui retourne à sa propre rencontre et que sa propre famille aussitôt rabroue, salive...; elle regimbe et se dit qu'elle a tort. Elle se livre au désespoir, montre des échevellements, des resoudures autogènes, etc...

(Absurde confusion de la pesanteur.)

C'est là, au milieu de l'incessant remords, de l'incessant remue-ménage du remords (le contraire du ménage de la vie bourgeoise), du permanent repentir, c'est là, où la houle persiste, où s'agitent les froids bouillons (tandis qu'un caillou très rassuré et rassurant tombe au fond), que la crevette est étroitement condamnée par ses mœurs.

(Remords, quoi? — Remords sa queue.)

C'est là,

Dans l'onde remuée,

Parmi les froids bouillons

(conséquence aussi d'une différence de chaleur qui fait démarrer, met en branle, met en route les vents et par suite les vagues),

Parmi l'absurde confusion de la pesanteur, en jeu, en lutte avec d'autres forces...

(Ce jeu : proprement celui du pendule).

C'est-à-dire un équilibre lent à s'établir, qui se dépasse, se redépasse, etc...)

C'est là, c'est là que la crevette à vivre...

(Le fait que la vie est un phénomène chimique explique aussi la confusion qui la caractérise, la lutte incessante des corps les uns avec les autres. Cela va ensemble. Et les repentirs. Le remords.)

... est étroitement condamnée par ses mœurs.

Il semble évident que la crevette perçoit la confusion, les contradictions incessantes du milieu où elle vit, tandis que pour les poissons c'est le calme plat : ils ne sont gênés en aucune façon par les influences contradictoires et il semble qu'ils n'aient pas à les percevoir.

S'ils sont gênés par quelque chose, il semble que ce soit plutôt par la consistance du milieu, l'épaisseur de l'air qu'ils ont à respirer. On les voit la gueule béante, l'œil exorbité. Ils paraissent vivre constamment à la limite de l'asphyxie et de la résurrection.

C'est que la respiration chez eux comporte une usination compliquée. Il faut qu'ils dissocient l'air dans l'eau. Il est probable que la plus grosse partie de leur effort consiste à cela, y est employée. (Ici je pense à moi, dont la plus grande partie du temps est occupée à tenter de respirer économiquement : à gagner de l'argent. Il y faut neuf heures par jour... Alors que d'autres respirent si aisément : ils ont pour cela l'argent dans leur poche, cet oxygène... Mais nous, il faut qu'à grand'peine nous extrayions l'argent du travail, des heures, de la fatigue.)

... Mais la crevette, ce n'est pas cela. Non : il semble que si elle éprouve de la peine, ce ne soit pas à respirer, mais à se maintenir au milieu des courants contraires, qui la bousculent contre les roches... Ce soit aussi à fuir, en raison du caractère encombrant de ses trop nombreux organes de circonspection.

(Gêne qui me fait aussi penser à moi : nous en connaissons de semblables, dans une époque privée de foi, de rhétorique, d'unité d'action politique, etc..., etc...)

Ainsi, tandis que d'autres formes, gaînées, cernées d'un contour simple et ferme, traversent seulement ces allées sous-marines (ces salles, ces cabinets, ces godets sous-marins) en sombres ou brillants ou pailletés, en tout cas opaques fuyards sans retour, — au cours de migrations mystérieuses aussi déterminées sans doute que celles des constellations —, la crevette, à peu près immobile comme un lustre, les hante, y semble étroitement condamnée par ses mœurs. Son audace la reconduit constamment au lieu d'où sa terreur aussitôt la retire.

Elle compose avec chacun de ces creux de roches une unité esthétique (pas seulement esthétique) permanente, grâce à sa densité particulière et à la diaphanéité de sa chair; aux complications de son contour qui s'y accrochent et intègrent comme par mille dents d'engrenage; grâce aussi aux bonds retenus qui l'y maintiennent (mieux encore sans doute que l'immobilité).

Comme le premier des cristaux qui se forment d'un liquide, comme la première constellation d'une nébuleuse, elle est l'Hôte pur, l'Hôte par excellence, l'Hôte élu, assorti à ce milieu.

Or elle ne cesse de le tâter, de le prospecter, de le sonder, de le scruter, d'y tâtonner, d'y mener une minutieuse et tatillonne enquête, d'y craindre (de tout y craindre), d'y ressentir douleurs et angoisses, de le découvrir, de le hanter, enfin de le rendre habité.

Si parfois elle oublie les chaînes de sa nature et tenté de s'élancer à la manière des poissons, elle s'aperçoit vite de son erreur : c'est là, et c'est comme cela qu'elle est condamnée à vivre...

Elle est le lustre de la confusion.
Elle est aussi un monstre de circonspection.
(Ainsi, à son instar, dans les époques troublées, le poète.)

Il faut signaler encore que la crevette est l'ombre envolée, la forme capable d'envol, — moindre, ténue et bonne nageuse — d'une espèce représentée dans les bas-fonds par la langouste, la langoustine, le homard, et dans les ruisseaux froids par l'écrevisse : toutes bêtes beaucoup plus épaisses, grosses, fortes, cuirassées, terre à terre. Elle est comme l'ombre translucide et en plus petit, mais par merveille aussi matérielle, de ces énormes existences et lourdes machines. Est-ce à dire que son sort soit plus heureux?

Jadis, peut-être grâce à toutes ses armes connut-elle une noble perfection et assurance, mais, à la suite d'on ne sait quelle déception ou grande peur, elle est devenue extrêmement farouche...

Le bond de la crevette : saut de côté, inattendu, comparable à celui du cavalier dans la jungle des échecs; saut qui lui permet de s'écarter de l'attaque en ligne droite des gueules dévoratrices. Bonds saccadés et obliques.

Rompre à tout contact, sans bondir pourtant hors de vue (c'est plutôt lorsqu'elle ne bouge pas qu'on la perd de vue), se représenter aussitôt de façon à provoquer le doute non sur son identité mais sur la possibilité à ses dépens d'une étude ou contemplation un peu longue, enfin qui aboutisse à une sorte de prise de possession esthétique... Provocation ainsi du désir ou besoin de perception nette... Pudeur de l'objet en tant qu'objet.

Enfin, si armée soit-elle, si douée de perfection, elle a besoin d'une révélation pour devenir de sa propre identité tout à fait affirmative : et cette révélation peu d'individus parmi l'espèce la connaissent : par une mort privilégiée; la mort en rose, à l'occasion de l'élévation (vraiment peu habituelle) de leur milieu naturel à une haute température.

Le révélateur de la crevette est son eau de cuisson.

LA CREVETTE PREMIÈRE

La pire confusion marine au creux des roches comporte un être de la taille du petit doigt, de la consistance de l'ongle, dont rien qu'une façon de s'enfuir particulière au premier abord ne peut être saisi.

Doué du pouvoir prompt, siégeant dans la queue, d'une rupture de chiens à tout propos, — par bonds vifs, imprévus, saccadés, rétrogrades suivis de lents retours, il échappe à la ruée en ligne droite des gueules dévoratrices comme à toute contemplation.

Une diaphanéité utile autant que ses bonds ôte d'ailleurs à sa présence même persistante sous les regards toute continuité.

Mais la fatalité, ou sa manie, ou son audace, le reconduit incessamment à l'endroit d'où sa terreur aussitôt le retire. Tandis que d'autres hôtes, d'un contour simple et ferme, traversent seulement les grottes sous-marines en sombres ou pailletés, en tout cas opaques fuyards sans retour, la crevette, à peu près immobile comme un lustre, y semble étroitement condamnée par ses mœurs.

Elle gît au milieu du fouillis de ses armes, la tête sous un heaume soudée au thorax, abondamment gréée d'antennes et de palpes d'une susceptibilité extravagante.

Ô translucide nef, insensible aux amorces, tu as trop d'organes de circonspection : tu en seras trahie.

De mon sac se sauveront mieux ces stupides fuseaux de vitesse qui goûtent le nez aux algues et ne me laissent qu'un nuage de boue, — tandis que tu ne réussis qu'une assomption provisoire dans les soupentes spacieuses sous la roche d'où je ne me relève pas aussitôt déçu.

Plusieurs qualités ou circonstances font l'un des objets les plus pudiques au monde et le gibier le plus farouche peut-être pour la contemplation d'un petit animal qu'il importe sans doute moins de nommer d'abord que d'évoquer avec précaution, de laisser s'engager de son mouvement propre (aux fosses, aux galeries) dans le conduit des circonlocutions, d'atteindre enfin par la parole au point dialectique où le situent sa forme, son milieu, sa condition muette et l'exercice de sa profession juste.

Admettons-le d'abord : parfois il arrive qu'un homme à la vue troublée par la fièvre, la faim ou simplement la fatigue subisse une passagère et sans doute bénigne hallucination : par bonds vifs, saccadés, successifs, rétrogrades suivis de lents retours, il aperçoit d'un endroit à l'autre de l'étendue de sa vision remuer d'une façon particulière une sorte de petits signes assez peu marqués, translucides, à formes de bâtonnets, de virgules, peut-être d'autres signes de ponctuation, qui, sans lui cacher du tout le monde, l'oblitèrent en quelque façon, s'y déplacent en surimpression, enfin donnent envie de se frotter les yeux afin de rejouir par leur éviction d'une vision plus nette.

33

Or, dans le monde des représentations extérieures, parfois un phénomène analogue se produit : la crevette, au sein des flots qu'elle habite, ne bondit pas d'une façon différente, et comme les taches dont je parlais tout à l'heure étaient l'effet d'un trouble de la vue, ce petit être semble d'abord fonction de la confusion marine. Il se montre d'ailleurs le plus fréquemment aux endroits où, même par temps sereins, cette confusion est toujours à son comble : aux creux des roches, où les ondulations liquides sans cesse se contredisent, parmi lesquelles l'œil, dans une épaisseur de pur qui se distingue mal de l'encre, malgré toutes ses peines n'aperçoit jamais rien de sûr. Une diaphanéité utile autant que ses bonds y ôte enfin à sa présence même immobile sous les regards toute continuité.

L'on se trouve ici exactement au point où il importe qu'à la faveur de cette difficulté et de ce doute ne prévale pas dans l'esprit une lâche illusion, grâce à laquelle la crevette, par notre attention déçue presque aussitôt cédée à la mémoire, n'y serait pas conservée plus qu'un reflet, ou que l'ombre envolée et bonne nageuse des types d'une espèce représentée de façon plus tangible dans les bas-fonds par le homard, la langouste, la langoustine, et par l'écrevisse dans les ruisseaux froids. Non, à n'en pas douter elle vit tout autant que ces chars malhabiles, et connaît, quoique dans une condition moins terre à terre, toutes les douleurs et les angoisses que la vie partout suppose... Si l'extrême complication intérieure qui les anime parfois ne doit pas nous empêcher d'honorer les formes les plus caractéristiques d'une stylisation à laquelle elles ont droit, pour les traiter au besoin ensuite en idéogrammes indifférents, il ne faut pas pourtant que cette utilisation nous épargne les douleurs sympathiques que la constatation de la vie provoque irrésistiblement en nous : une exacte compréhension du monde animé sans doute .est à ce prix.

Qu'est-ce qui peut d'ailleurs ajouter plus d'intérêt à une forme que la remarque de sa reproduction et dissémination par la nature à des millions d'exemplaires à la même heure partout, dans les eaux copieuses du beau comme du mauvais temps? Que nombre d'individus pâtissent de cette forme, en subissent la damnation particulière, au même nombre d'endroits de ce fait nous attend la provocation du désir de perception nette. Objets pudiques en tant qu'objets, semblant exciter le doute non pas tant chacun sur sa propre réalité que sur la possibilité à son égard d'une contemplation un peu longue, d'une possession idéale un peu satisfaisante; pouvoir prompt, siégeant dans la queue, d'une rupture de chiens à tout propos : sans doute est-ce dans la cinématique, plutôt que dans l'architecture par exemple, qu'un tel motif enfin pourra être utilisé... L'art de vivre d'abord y devait trouver son compte : il nous fallait relever ce défi.

LA MAISON PAYSANNE

J'entre d'abord par une profonde étable obscure
où l'on voit mal en particulier trois chèvres plutôt
grandes puis de nombreux objets bruts en bois dans
les marrons à la Rembrandt; j'y trouve une sorte d'esca-
lier de bois par où je monte à ma chambre qui s'ouvre
par la deuxième porte sur le couloir, si bien que je ne
couche pas sur l'odeur de l'étable mais au-dessus d'une
salle d'habitation qu'occupe notamment l'horloge dont
la boîte touche au plafond.

Il y a dans la maison une vieille paysanne de quatre-
vingt-cinq ans dans son armoire-lit (lit-placard), qui
va mourir de sa vie sans avoir jamais été malade,
et ses deux filles de quarante à cinquante ans, exactement de la même taille, assez courte : le corps entier
de l'aînée penche à gauche, tandis que la seconde a
un œil fermé et toute la face plissée vers l'autre pour
essayer de le fermer aussi.

Par attention pour moi, qui suis leur seul pension-
naire, elles ont placé leur table ronde contre le mur sous
ma fenêtre, d'où je vois la crosse d'une route, à gauche,
et en face un horizon court et haut, décoré pour les

premiers plans d'un arbre à cerises, et plus loin d'un champ de balais (sorte de genêts).

Tout cela tremble fortement par grand vent, comme un fagot.

La nuit, je m'éclaire à la bougie, dans cette cabane de granit et de sapin. Il fait grand vent : cela menace et gémit aux portes, triomphe rageusement et ruisselle dans les feuilles en face : une fameuse tournée...

La fenêtre est ouverte, le ciel tout à fait net. L'ornant, des points et des broderies, comme un napperon étoilé.

Ni la musique de Pythagore, ni le silence effrayant de Pascal : quelques choses très proches et très précises, comme une araignée doit apercevoir de l'intérieur sa toile quand il a plu et que des gouttelettes à chaque croisillon brillent.

LA FENÊTRE

VARIATIONS AVANT THÈME

Harem nombreux du jour
Humiliant tribut
Niches au ciel vouées
à raison d'un millier par rues.

Ô préposées aux cieux
avec vos tabliers.
Bleues contusions
Ecchymoses.

Fantômes immobiliers.

Appareils du faux-jour
et de l'imparfaite réflexion.

Foyers d'ardeurs
de flammes froides.
Nouvel âtre.

Atténuation au possible des murs.

Au fond de chaque pièce
de toute habitation
se doit au moins une fenêtre,

En soie de paravent
Un foyer d'ardeurs
de flammes froides,

de douce et plaintive harmonie.

Le corps plaintif d'une femme
de Barbe-Bleue-le-Jour
(Il Giorno).

Par ton corps en quartiers
à bras-le-corps tenu
tu subis une passion à intempéries.

Ô punchs !
Ô ponches !
Ponches dont jour et nuit
flamboie la barbe bleue !

Détenue au fond de chaque pièce
sous une penderie,

Par l'hôte dont les soins
opposés à la nue
t'auront le temps qu'il vit
lavée entretenue

réparée sans cesse
maintenue.

Par le propre maçon
porte aux ruines ouverte.

Sous un voile tu as poings liés
sur le milieu du corps
et de grands yeux élargis
jusqu'à l'extrême cadre de ton corps.

Lorsque d'un tour de main
je délie ta poignée
Ému intrigué
lorsque de toi je m'approche,

Je t'ouvre en reculant le torse
comme lorsqu'une femme
veut m'embrasser.

Puis tandis que ton corps
m'embrasse et me retient,
Que tu rabats sur moi
tout un enclos de voiles et de vitres,
tu me caresses, tu me décoiffes ;

Le corps posé sur ton appui
mon esprit arrive au dehors.

POÈME

OH BLEUS PAR TOUT LE CORPS DES BASTIONS
   AUX CIEUX
TRACES DES HORIONS DE L'AZUR CURIEUX

DE TOUTE HABITATION TU INTERROMPS LE MUR
PAR LE PROPRE MAÇON PORTE AUX RUINES
   OUVERTE
CONJOINTE SOUS UN VOILE AUX ROIS EXTÉ-
   RIEURS

PAGE DE POÉSIE MAIS NON QUE JE LE VEUILLE
.   .   .   .

PONCHES DONT JOUR ET NUIT FLAMBOIE LA
   BARBE BLEUE
LA CLARTÉ DU DEHORS M'ASSOMME ET ME
   DÉTRUIT

RIEN QUE N'EN POINT ÉMETTRE ET QU'ELLE
   SOIT LA SEULE
FAIT QUE JE LA SUBIS.

Carrément avoués au ciel sur les façades de nos bâtisses, nous pouvons les voiler de l'intérieur, ces fautes moins qu'à demi pardonnées dans la continuité des parois; elles n'en sont pas moins pour nous une nécessité inéluctable, et l'affiche au grand jour de nos faiblesses pour lui.

Qu'on en compte une au moins dans chaque pièce de nos demeures nous oblige à multiplier, pour les répartir régulièrement dans nos murs, ces appareils du faux-jour et de l'imparfaite réflexion.

Pages de poésie, mais non que je le veuille...

Résignons-nous dès lors à la brillante opportunité d'un vitrage moins capable de définir son objet que de restituer par reflets infranchissables à la fois notre image sensible et son idée.

Pour l'hôte au demeurant n'étant meilleur système de s'en remettre au jour qui le doit éclairer,

Le manque seul d'un mot, rendant plus explicite l'atténuation au possible des murs, fasse de votre corps un texte translucide, ô préposées aux cieux avec vos tabliers !

Faiblesse non dissimulée
Qui nous paraît démesurée
Bien qu'elle soit tout accordée
Aux regards de trop de pareilles,

LA FENÊTRE
DE TOUT SON CORPS
RIMANT AVEC ÊTRE
MONTRE LE JOUR

Puis nous aidant à respirer
Nous conjure l'air pénétré
De ne plus tant y regarder
Par grâce à la fin entr'ouverte.

LA DERNIÈRE SIMPLICITÉ

L'appartement de notre grand-mère avait été réduit quelques années avant la fin de sa vie, tronqué de sa plus grande pièce au profit d'une veuve énorme et sanguine. Des trois pièces qui lui restaient elle n'occupait plus, chacune à son heure, qu'un coin. Dans la chambre, le désordre était limité au lit.

Ses fenêtres donnaient au-dessus des faîtes d'un jardin sans humidité, dans un ciel toujours beau mais selon la saison d'azur ou de pervenche, parfois aussi pâle en hiver que son petit crachoir émaillé.

... A peine plus foulé, le tapis du petit salon. Dans la chambre, malgré quelques heures actives, plus aucun désordre. Je m'y assis une partie de la nuit, non loin d'une fenêtre entrebâillée. Elle ne remuait plus, au milieu de son lit retirée autant que possible.

Mais alors tout s'est rapidement modifié. La chambre d'un mort devient en quelques heures une sorte de garde-manger. Pas grand'chose, plus personne : une sorte de scorie, de fœtus, de baby terreux, à qui l'on n'est plus tenté du tout d'adresser la parole, — pas plus

qu'au baby rouge brique qui sort de sous le ventre
d'une accouchée.

LA BARQUE

La barque tire sur sa longe, hoche le corps d'un pied
sur l'autre, inquiète et têtue. comme un jeune cheval.

Ce n'est pourtant qu'un assez grossier réceptacle,
une cuiller de bois sans manche : mais, creusée et cintrée
pour permettre une direction du pilote, elle semble
avoir son idée, comme une main faisant le signe couci-
couça.

Montée, elle adopte une attitude passive, file doux,
est facile à mener. Si elle se cabre, c'est pour les besoins
de la cause.

Lâchée seule, elle suit le courant et va, comme
tout au monde, à sa perte tel un fétu.

14 JUILLET

Tout un peuple accourut écrire cette journée sur
l'album de l'histoire, sur le ciel de Paris.

D'abord c'est une pique, puis un drapeau tendu

par le vent de l'assaut (d'aucuns y voient une baïonnette), puis — parmi d'autres piques, deux fléaux, un râteau — sur les rayures verticales du pantalon des sans-culottes un bonnet en signe de joie jeté en l'air.

Tout un peuple au matin le soleil dans le dos. Et quelque chose en l'air à cela qui préside, quelque chose de neuf, d'un peu vain, de candide : c'est l'odeur du bois blanc du Faubourg Saint-Antoine, — et ce J a d'ailleurs la forme du rabot.

Le tout penche en avant dans l'écriture anglaise, mais à le prononcer ça commence comme Justice et finit comme ça y est, et ce ne sont pas au bout de leurs piques les têtes renfrognées de Launay et de Flesselles qui, à cette futaie de hautes lettres, à ce frémissant bois de peupliers à jamais remplaçant dans la mémoire des hommes les tours massives d'une prison, ôteront leur aspect joyeux.

LE GRENIER

Toute maison comporte, entre plafonds et toit, sa nef profane sur la longueur totale de ses pièces. Lorsque l'homme en pousse la porte, la lumière entre avec lui. La vastitude l'en étonne. Quelques pierres noircies au fond signalent le mur de l'âtre.

Allongé sur la poutre de l'A, il poursuit volontiers un songe à la gloire du charpentier. Au défaut de ce firmament brillent cent étoiles de jour. Du fond de la cale aérienne, il écoute les vagues du vent battre les flancs de tuile rose ou ruisseler par le zinc.

A l'intérieur, à peine frémissent quelques hamacs de toile fine, voilettes pierreuses d'araignées, qui s'enroulent autour du doigt comme autour des visages d'automobilistes jadis aux temps héroïques du sport.

Marc filtré de la pluie aux tuiles, une poudre assez précieuse s'y dépose sur tous objets.

C'est là, loin du sol avide, que l'homme entrepose le grain pour l'usage contraire à germer. Séchez, distinctes et rassies, idées dès lors sans conséquences pour la terre dont vous naquîtes. Permettez plutôt la farine et ses banales statues grises, au sortir du four adorées.

FABRI

OU LE JEUNE OUVRIER

Fabri porte une chemise lilas, dont le col échancré, le torse et les manches collantes l'enserrent sans trop de rigueur.

Le front nu, sur ses tempes très fraîches et très polies s'applique une ondulation de cheveux rejetés en arrière, comme deux petites ailes semblables à celles du talon de Mercure.

Il grandit encore beaucoup; à trente-deux ans, il n'est pas adulte.

Il porte à la main droite un petit galet gris et un éclat de brique rose, à la gauche un cabochon d'anthracite, serti de la façon la plus soigneuse dans un anneau de bois blanc.

On l'aperçoit au petit jour, parfois monté sur une bicyclette, dans les environs de la place du Châtelet, où il se mêle à la foule, et se transforme bientôt en l'un quelconque des travailleurs qui s'y pressent à cette heure vers les Halles.

ÉCLAIRCIE EN HIVER

Le bleu renaît du gris, comme la pulpe éjectée d'un raisin noir.

Toute l'atmosphère est comme un œil trop humide, où raisons et envie de pleuvoir ont momentanément disparu.

Mais l'averse a laissé partout des souvenirs qui servent au beau temps de miroirs.

Il y a quelque chose d'attendrissant dans cette liaison entre deux états d'humeur différente. Quelque chose de désarmant dans cet épanchement terminé.

Chaque flaque est alors comme une aile de papillon placée sous vitre,
Mais il suffit d'une roue de passage pour en faire jaillir de la boue.

LE CROTTIN

Brioches paille, de désagrégation plutôt facile.
Fumantes, sentant mauvais. Écrasées par les roues
de la charrette, ou plutôt épargnées par l'écartement
des roues de la charrette.

L'on est arrivé à vous considérer comme quelque
chose de précieux. Pourtant, l'on ne vous ramasserait
qu'avec une pelle. Ici se voit le respect humain. Il est
vrai que votre odeur serait un peu attachante aux
mains.

En tout cas, vous n'êtes pas du dernier mauvais
goût, ni aussi répugnantes que les crottes du chien
ou du chat, qui ont le défaut de ressembler trop à
celles de l'homme, pour leur consistance de mortier
pâteux et fâchement adhésif.

LE PAYSAGE

L'horizon, surligné d'accents vaporeux, semble écrit
en petits caractères, d'une encre plus ou moins pâle
selon les jeux de lumière.

De ce qui est plus proche je ne jouis plus que comme
d'un tableau,

De ce qui est encore plus proche que comme de sculptures, ou architectures,

Puis de la réalité même des choses jusqu'à mes genoux, comme d'aliments, avec une sensation de véritable indigestion,

Jusqu'à ce qu'enfin, dans mon corps tout s'engouffre et s'envole par la tête, comme par une cheminée qui débouche en plein ciel.

LES OMBELLES

Les ombelles ne font pas d'ombre, mais de l'ombe : c'est plus doux.

Le soleil les attire et le vent les balance. Leur tige est longue et sans raideur. Mais elles tiennent bien en place et sont fidèles à leur talus.

Comme d'une broderie à la main, l'on ne peut dire que leurs fleurs soient tout à fait blanches, mais elles les portent aussi haut et les étalent aussi largement que le permet la grâce de leur tige.

Il en résulte vers le quinze août, une décoration des bords de routes, sans beaucoup de couleurs, à tout petits motifs, d'une coquetterie discrète et minutieuse, qui se fait remarquer des femmes.

Il en résulte aussi de minuscules chardons, car elles n'oublient aucunement leur devoir.

LE MAGNOLIA

La fleur du magnolia éclate au ralenti comme une bulle formée lentement dans un sirop à la paroi épaisse qui tourne au caramel.

(A remarquer d'ailleurs la couleur caramélisée des feuilles de cet arbre.)

A son épanouissement total, c'est un comble de satisfaction proportionnée à l'importante masse végétale qui s'y exprime.

Mais elle n'est pas poisseuse : fraîche et satinée au contraire, d'autant que la feuille paraît luisante, cuivrée, sèche, cassante.

SYMPHONIE PASTORALE

Aux deux tiers de la hauteur du volet gauche de la fenêtre, un nid de chants d'oiseaux, une pelote de cris d'oiseaux, une pelote de pépiements, une glande gargouillante cridoisogène,

Tandis qu'un lamellibranche la barre en travers,

(Le tout enveloppé du floconnement adipeux d'un ciel nuageux)

Et que le borborygme des crapauds fait le bruit des entrailles,

Le coucou bat régulièrement comme le bruit du cœur dans le lointain.

LA DANSEUSE

Inaptitude au vol, gigots court emplumés : tout ce qui rend une autruche gênée la danseuse toujours en pleine visibilité s'en fait gloire, — et marche sur des œufs sur des airs empruntés.

D'âme égoïste en un corps éperdu, les choses à son avis tournent bien quand sa robe tourne en tulipe et tout le reste au désordre. Des ruisseaux chauds d'alcool ou de mercure rose d'un sobre et bas relief lui gravissent les temps, et gonflent sans issue. Elle s'arrête alors : au sqùelette immobile la jeune chair se rajuste aussitôt. Elle a pleine la bouche de cheveux qui s'en tireront doucement par la commissure des lèvres. Mais les yeux ne retinteront qu'après s'être vingt fois jetés aux bords adverses comme les grelots du capuchon des folies.

Idole jadis, prêtresse naguère, hélas! aujourd'hui un peu trop maniée la danseuse... Que devient une étoile applaudie? Une ilote.

UNE DEMI-JOURNÉE
A LA CAMPAGNE

L'air acide et le vent corrosif, les émanations oxaliques et les injections formiques, les dards fichés d'abeilles ou d'orties, les révulsions cutanées sur le corps exposé au soleil : en une demi-journée à la campagne l'on a subi un drôle de traitement.

Sans compter l'absorption d'eau sombre de puits, de fruits chargés de leur duvet oxygéné ou carbonique, les incisions de ronces et les inhalations de parfums bruts, qui vont de la rose à l'œillet du poète, du moisi de la cave au séché du grenier en passant par le purin de la cour de ferme...

Dans un profond silence, les mottes de labour, les touffes d'herbe trempée de pluie qui m'entourent se comportent en exhale-parfums.

Quelle majesté dans ce gros cheval portant son homme sur le chemin, dans ce long et calme roulement du tonnerre, dans cette pluie insistante qui grave le sol !

La fraîcheur, la vapeur d'eau, ces parfums imprègnent notre corps; l'amollissent, le détendent; ces nobles démarches autour de lui le massent, le fortifient. Soins de beauté, soins de santé : quels émollients, quels toniques; quelle salubrité !

Toute fatigue se dissipera bientôt, et quand nous aurons été une fois aux feuillées nous délester d'un gros tas de merde, — malgré nos pieds un peu froids dans nos souliers vernis par la rosée, nos muscles un peu gourds, mais la peau, les poumons, le foie et le cerveau nettoyés, — nos fonctions joueront de plus belle : l'homme de quarante ans se sentira réveillé.

... Vaseux comme il était, il ne pouvait goûter ce beau ciel lavé, ni cette fraîcheur qui maintenant filtre à travers son corps et le laisse transi et traversé d'azur, et justifié d'être au monde puisque toute la nature l'imprègne sans l'amoindrir, le tolère, le traite familièrement : sans précaution, mais sans dommage.

LA GRENOUILLE

Lorsque la pluie en courtes aiguillettes rebondit aux prés saturés, une naine amphibie, une Ophélie manchote, grosse à peine comme le poing, jaillit parfois sous les pas du poète et se jette au prochain étang.

Laissons fuir la nerveuse. Elle a de jolies jambes. Tout son corps est ganté de peau imperméable. A peine viande ses muscles longs sont d'une élégance ni chair ni poisson. Mais pour quitter les doigts la vertu du fluide s'allie chez elle aux efforts du vivant. Goitreuse, elle halète... Et ce cœur qui bat gros, ces paupières ridées, cette bouche hagarde m'apitoyent à la lâcher.

L'ÉDREDON

Méditation sans effort, formée de pensées légères et bouffantes, sur (et sous) l'édredon.

Dans un parallélépipédique sac de soie sont contenues des millions de plumes, et elles le font bouffer, en raison de la force expansive des plumes.

Plus elles sont jeunes et légères, plus les plumes ont de force expansive : oh! toujours très faible, mais elle existe.

Les Américains ont trouvé un moyen de la brimer, en cloisonnant par des piqûres leur enveloppe de soie. Ainsi l'homme couché là-dessous peut-il regarder au-delà de son nez, — ce qui lui semble commode.

Au moins cinquante volatiles dépouillés, et je couche là-dessous, — sans aucun remords.

Défaites-moi, pourtant, ces piqûres, que ces plumes du moins soient à leur aise. D'autant que je ne désire regarder rien au-delà de mon nez.

Si je désirais contempler quelque chose, sans doute serait-ce ces plumes elles-mêmes, si bien cachées.

Les marchands, entre parenthèses, ont bien peu d'imagination. Ne serait-ce pas mieux, quelque enveloppe transparente, et les plumes au-dedans toutes blanches, ou de couleurs harmonieusement assorties? N'y a-t-il pas moyen de déposer cette idée? N'aurait-elle pas, elle aussi, quelque force expansive? Expansive, par la même occasion, du porte-monnaie?

Ou bien alors, épargnez tous ces volatiles! Gonflez-moi quelque enveloppe thermos d'un gaz tiède, dont la chaleur se déperde selon une allure réglée.

Mais sans doute le secret des édredons fait-il leur charme.

Quant à moi, du moins, ce qui m'en a charmé, c'est l'évocation en leur intérieur de ces millions de plumes, sagement au repos, malgré leur légère force expansive, oh! non trop exigeante, pas têtue, susceptible d'arrangement, de compromis : enfin, une force d'expansion philosophe.

Voilà, en dehors de la chaleur qu'il recèle et dispense — et dont c'est d'ailleurs l'origine — la principale qualité méconnue de l'édredon : celle qu'il offre en surplus au contemplateur, en récompense de quelques secondes d'une attention désintéressée.

L'APPAREIL DU TÉLÉPHONE

D'un socle portatif à semelle de feutre, selon cinq mètres de fils de trois sortes qui s'entortillent sans nuire au son, une crustace se décroche, qui gaîment bourdonne... tandis qu'entre les seins de quelque sirène sous roche, une cerise de métal vibre...

Toute grotte subit l'invasion d'un rire, ses accès argentins, impérieux et mornes, qui comporte cet appareil.

(Autre)

Lorsqu'un petit rocher, lourd et noir, portant son homard en anicroche, s'établit dans une maison, celle-ci doit subir l'invasion d'un rire aux accès argentins, impérieux et mornes. Sans doute est-ce celui de la mignonne sirène dont les deux seins sont en même temps apparus dans un coin sombre du corridor, et qui produit son appel par la vibration entre les deux d'une petite cerise de nickel, y pendante.

Aussitôt, le homard frémit sur son socle. Il faut qu'on le décroche : il a quelque chose à dire, ou veut être rassuré par votre voix.

D'autres fois, la provocation vient de vous-même. Quand vous y tente le contraste sensuellement agréable entre la légèreté du combiné et la lourdeur du socle. Quel charme alors d'entendre, · aussitôt la crustace détachée, le bourdonnement gai qui vous annonce prêtes au quelconque caprice de votre oreille les innombrables nervures électriques de toutes les villes du monde !

Il faut agir le cadran mobile, puis attendre, après avoir pris acte de la sonnerie impérieuse qui perfore votre patient, le fameux déclic qui vous délivre sa plainte, transformée aussitôt en cordiales ou cérémonieuses politesses... Mais ici finit le prodige et commence une banale comédie.

LA POMPE LYRIQUE

Lorsque les voitures de l'assainissement public sont arrivées nuitamment dans une rue, quoi de plus poétique! Comme c'est bouleversant! A souhait! On ne sait plus comment se tenir. Impossible de dissimuler son émotion.

Et si l'on se trouve avec quelque ami, ou fiancée, l'on voudrait rentrer sous terre.

C'est une honte comparable seulement à celle de l'enfant dont on découvre les poésies.

Mais par soi-même comme c'est beau! Ces lourds chevaux, ces lourdes voitures qui font trembler le quartier comme une sorte d'artillerie, ces gros tuyaux, et ce bruit profond, et cette odeur qui inspirait Berlioz, ce travail intense et quelque peu précipité — et ces aspirations confuses — et ce que l'on imagine à l'intérieur des pompes et des cuves, ô défaillance!

LES POÊLES

L'animation des poêles est en raison inverse de la clémence du temps.

Mais comment, à ces tours modestes de chaleur, témoigner bien notre reconnaissance?

Nous qui les adorons à l'égal des troncs d'arbres, radiateurs en été d'ombre et fraîcheur humides, nous ne pouvons pourtant les embrasser. Ni trop, même, nous approcher d'eux sans rougir... Tandis qu'eux rougissent de la satisfaction qu'ils nous donnent.

Par tous les petits craquements de la dilatation ils nous avertissent et nous éloignent.

Comme il est bon, alors, d'entr'ouvrir leur porte et de découvrir leur ardeur : puis d'un tison sadique agir au fond du kaléidoscope, changeant du noir au rouge et du feu au gris-tendre les charbons en la braise, et les braises en cendres.

S'ils refroidissent, bientôt un éternuement sonore vous avertit du rhume accouru punir vos torts.

Les rapports de l'homme à son poêle sont bien loin d'être ceux de seigneur à valet.

LE GUI

Le gui la glu : sorte de mimosa nordique, de mimosa des brouillards. C'est une plante d'eau, d'eau atmosphérique.

Feuilles en pales d'hélice et fruits en perles gluantes.

Tapioca gonflant dans la·brume. Colle d'amidon. Grumeaux.

Végétal amphibie.

Algues flottant au niveau des écharpes de brume, des traînées de brouillard,

Épaves restant accrochées aux branches des arbres, à l'étiage des brouillards de décembre.

LE PLATANE

Tu borderas toujours notre avenue française pour ta simple membrure et ce tronc clair, qui se départit sèchement de la platitude des écorces,

Pour la trémulation virile de tes feuilles en haute lutte au ciel à mains plates plus larges d'autant que tu fus tronqué,

Pour ces pompons aussi, ô de très vieille race, que tu prépares à bout de branches pour le rapt du vent,

Tels qu'ils peuvent tomber sur la route poudreuse ou les tuiles d'une maison... Tranquille à ton devoir tu ne t'en émeus point :

Tu ne peux les guider mais en émets assez pour qu'un seul succédant vaille au fier Languedoc

A perpétuité l'ombrage du platane.

ODE INACHEVÉE A LA BOUE

La boue plaît aux cœurs nobles parce que constamment méprisée.

Notre esprit la honnit, nos pieds et nos roues l'écrasent. Elle rend la marche difficile et elle salit : voilà ce qu'on ne lui pardonne pas.

C'est de la boue! dit-on des gens qu'on abomine, ou d'injures basses et intéressées. Sans souci de la honte qu'on lui inflige, du tort à jamais qu'on lui fait. Cette constante humiliation, qui la mériterait? Cette atroce persévérance!

Boue si méprisée, je t'aime. Je t'aime à raison du mépris où l'on te tient.

De mon écrit, boue au sens propre, jaillis à la face de tes détracteurs!

Tu es si belle, après l'orage qui te fonde, avec tes ailes bleues!

Quand, plus que les lointains, le prochain devient sombre et qu'après un long temps de songerie funèbre, la pluie battant soudain jusqu'à meurtrir le sol fonde bientôt la boue, un regard pur l'adore : c'est celui de l'azur ragenouillé déjà sur ce corps limoneux trop roué de charrettes hostiles, — dans les longs intervalles desquelles, pourtant, d'une sarcelle à son gué opiniâtre la constance et la liberté guident nos pas.

Ainsi devient un lieu sauvage le carrefour le plus amène, la sente la mieux poudrée.

La plus fine fleur du sol fait la boue la meilleure, celle qui se défend le mieux des atteintes du pied; comme aussi de toute intention plasticienne. La plus alerte enfin à gicler au visage de ses contempteurs.

Elle interdit elle-même l'approche de son centre, oblige à de longs détours, voire à des échasses.

Ce n'est peut-être pas qu'elle soit inhospitalière ou jalouse; car, privée d'affection, si vous lui faites la moindre avance, elle s'attache à vous.

Chienne de boue, qui agrippe mes chausses et qui me saute aux yeux d'un élan importun!

Plus elle vieillit, plus elle devient collante et tenace. Si vous empiétez son domaine, elle ne vous lâche plus. Il y a en elle comme des lutteurs cachés, couchés par terre, qui agrippent vos jambes; comme des pièges élastiques; comme des lassos.

Ah comme elle tient à vous! Plus que vous ne le désirez, dites-vous. Non pas moi. Son attachement me touche, je le lui pardonne volontiers. J'aime mieux marcher dans la boue qu'au milieu de l'indifférence, et mieux rentrer crotté que gros-jean comme devant; comme si je n'existais pas pour les terrains que je foule... J'adore qu'elle retarde mon pas, lui sais gré des détours à quoi elle m'oblige.

Quoi qu'il en soit, elle ne lâcherait pas mes chausses; elle y sécherait plutôt. Elle meurt où elle s'attache. C'est comme un lierre minéral. Elle ne disparaît pas au premier coup de brosse. Il faut la gratter au couteau. Avant que de retomber en poussière — comme c'est le lot de tous les hydrates de carbone (et ce sera aussi votre lot) — si vous l'avez empreinte de votre pas, elle vous a cacheté de son sceau. La marque réciproque...

Elle meurt en serrant ses grappins.

La boue plaît enfin aux cœurs vaillants, car ils y trouvent une occasion de s'exercer peu facile. Certain livre, qui a fait son temps, et qui a fait, en son temps, tout le bien et tout le mal qu'il pouvait faire (on l'a tenu longtemps pour parole sacrée), prétend que l'homme a été fait de la boue. Mais c'est une évidente imposture, dommageable à la boue comme à l'homme. On la voulait seulement dommageable à l'homme, fort désireux de le rabaisser, de lui ôter toute prétention. Mais nous ne parlons ici que pour rendre à toute chose sa prétention (comme d'ailleurs à l'homme lui-même). Quand nous parlerons de l'homme, nous parlerons de l'homme. Et quand de la boue, de la boue. Ils n'ont, bien sûr, pas grand'chose de commun. Pas de filiation, en tout cas. L'homme est bien trop parfait, et sa chair bien trop rose, pour avoir été faits de la boue. Quant à la boue, sa principale prétention, la plus évidente, est qu'on ne puisse d'elle rien faire, qu'on ne puisse aucunement l'informer.

Elle passe — et c'est réciproque — au travers des escargots, des vers, des limaces — comme la vase au travers de certains poissons : flegmatiquement.

Assurément, si j'étais poète, je pourrais (on l'a vu) parler des lassos, du lierre, des lutteurs couchés de la boue. Ainsi sécherait-elle alors, dans mon livre, comme elle sèche sur le chemin, en l'état plastique où le dernier embourbé la laisse...

Mais comme je tiens à elle beaucoup plus qu'à mon poème, eh bien, je veux lui laisser sa chance, et ne pas trop la transférer aux mots. Car elle est ennemie des formes et se tient à la frontière du non-plastique. Elle veut nous tenter aux formes, puis enfin nous en décourager. Ainsi soit-il! Et je ne saurais donc en écrire, qu'au mieux, à sa gloire, à sa honte, une ode diligemment inachevée...

L'ANTHRACITE

OU LE CHARBON PAR EXCELLENCE

Lancashire, tes pelouses grasses retournées — puis longuement encachées *here* — formèrent l'anthracite anglais.

Les charbons sont nos minéraux domestiques. Issus des végétaux, dit-on, ce qui peut nous les rendre plus chers. Tous s'étant vainement essayés au diamant.

Il nous faut donc, à leur propos, faire notre deuil d'une certaine perfection.

Certains sont mats. Ignobles en quelque sorte. Tournant obstinément le dos. Point de réponse en eux au monde extérieur. S'ils répondent, ce n'est qu'aux attouchements. Mais, avec quel empressement, quelle vilenie alors! Laissant trop d'eux-mêmes... On dit qu'ils tachent.

D'aucuns, en revanche, montrent un caractère magnifique. De l'un d'entre eux *anthracite* est le nom, — dont on voit à la troisième syllabe qu'il brille, si la dernière est tout à fait muette. Sa dominante toutefois brille. Il a en cet endroit quelque chose de réconfortant. A la vue, comme à la prononciation, de tonique.

En tas dans l'ombre, il brille. Sitôt la porte de la cave ouverte, il vous multiplie les signes d'intelligence. Avec la même inquiétude, la même noble timidité que les étoiles.

Et n'est-il pas plus édifiant encore de noter que cette créature du sous-sol, créature commune en certains sous-sols, et qui brille, comme elle en a assurément le droit, — n'use de son droit de briller que lorsqu'un opportun coup de pioche lui en donne l'occasion.

Elle n'en use que si on l'attaque, la morcèle... Arborant alors de magnifiques voiles de deuil.

Sa façon de se laisser concasser est aussi fort sympathique. Aucune prétention à l'infrangibilité. Nul bond nerveux, nul éclat de dépit à distance. Elle se laisse faire presque sur place. Ne veut de nous aucune impatience, et cède au premier coup. Sous ce coup même, à peine devient-elle éparse...

Mais ce n'est pas pour si peu, pour la ruine de sa forme (ou sa prise de formes), qu'on l'en fera démordre : ses morceaux brillent, ils brillent de plus belle !

Dès lors, tout le monde est content : le charbonnier comme elle-même... De son problème résolu sans fatigue.

D'ailleurs, que lui importe ! En chacun de ses blocs, sous chacune de ses formes, elle est la nuit ensemble et les étoiles, la roche et le pétrole, la poêle et son huile.

Comme elle était aussi, dans sa masse, dans sa couche informe, le pouvoir de flamber durablement enfoui au sous-sol.

Je trouve cela à la fois beau et inquiétant. Et c'est là-dessus, en observant encore qu'après des millénaires d'obscurité et de préparation souterraines, elle n'appa-

raît au jour que pour disparaître bientôt — en cendres,
certes, et fumées dispersées tout d'un coup — mais
aussi en chaleur et force,

Que je veux, moi aussi, brusquement conclure.

LA POMME DE TERRE

Peler une pomme de terre bouillie de bonne qualité
est un plaisir de choix.

Entre le gras du pouce et la pointe du couteau tenu
par les autres doigts de la même main, l'on saisit —
après l'avoir incisé — par l'une de ses lèvres ce rêche
et fin papier que l'on tire à soi pour le détacher de la
chair appétissante du tubercule.

L'opération facile laisse, quand on a réussi à la par-
faire sans s'y reprendre à trop de fois, une impression
de satisfaction indicible.

Le léger bruit que font les tissus en se décollant est
doux à l'oreille, et la découverte de la pulpe comestible
réjouissante.

Il semble, à reconnaître la perfection du fruit nu, sa
différence, sa ressemblance, sa surprise — et la facilité
de l'opération — que l'on ait accompli là quelque chose
de juste, dès longtemps prévu et souhaité par la nature,
que l'on a eu toutefois le mérite d'exaucer.

C'est pourquoi je n'en dirai pas plus, au risque de
sembler me satisfaire d'un ouvrage trop simple. Il ne
me fallait — en quelques phrases sans effort — que
déshabiller mon sujet, en en contournant strictement

la forme : la laissant intacte mais polie, brillante et toute prête à subir comme à procurer les délices de sa consommation.

... Cet apprivoisement de la pomme de terre par son traitement à l'eau bouillante durant vingt minutes, c'est assez curieux (mais justement tandis que j'écris des pommes de terre cuisent — il est une heure du matin — sur le fourneau devant moi).

Il vaut mieux, m'a-t-on dit, que l'eau soit salée, sévère : pas obligatoire mais c'est mieux.

Une sorte de vacarme se fait entendre, celui des bouillons de l'eau. Elle est en colère, au moins au comble de l'inquiétude. Elle se déperd furieusement en vapeurs, bave, grille aussitôt, pfutte, tsitte : enfin, très agitée sur ces charbons ardents.

Mes pommes de terre, plongées là-dedans, sont secouées de soubresauts, bousculées, injuriées, imprégnées jusqu'à la moelle.

Sans doute la colère de l'eau n'est-elle pas à leur propos, mais elles en supportent l'effet — et ne pouvant se déprendre de ce milieu, elles s'en trouvent profondément modifiées (j'allais écrire s'entr'ouvrent...).

Finalement, elles y sont laissées pour mortes, ou du moins très fatiguées. Si leur forme en réchappe (ce qui n'est pas toujours), elles sont devenues molles, dociles. Toute acidité a disparu de leur pulpe : on leur trouve bon goût.

Leur épiderme s'est aussi rapidement différencié : il faut l'ôter (il n'est plus bon à rien), et le jeter aux ordures...

Reste ce bloc friable et savoureux, — qui prête moins qu'à d'abord vivre, ensuite à philosopher.

LE RADIATEUR PARABOLIQUE

Tout ce quartier quasi désert de la ville où je m'avançais n'était qu'une des encoignures monumentales de sa très haute muraille ouvragée, rosie par le soleil couchant.

A ma gauche s'ouvrait une rue de maisons basses, sèche et sordide mais inondée d'une lumière ravissante, à demi éteinte. A l'angle se dressait, l'arbre un peu de travers, une sorte de minuscule manège pas beaucoup plus haut qu'un petit poirier, où tournaient plusieurs enfants dont l'un vêtu d'un chandail de tricot citron pur.

L'on entendait une musique faite comme par plusieurs violons grattés en cadence, sans mélodie.

De grands événements étaient en l'air, imminents, qui tenaient plutôt à une aventure intellectuelle ou logique qu'à des circonstances d'ordre politique ou militaire.

Attendu à dîner par cet écrivain, mon aîné, l'un des princes de la littérature de l'époque, je savais qu'il allait m'apprendre la victoire à jamais de notre famille d'esprits.

J'étais comme un triomphateur, accompagné par ce grattement de violons.

En même temps, je sentais sur mon visage et mes mains la chaleur comme d'un soleil bas mais tout proche, rayonnant, et je me rendis compte, brusquement, que je rêvais, lorsque, décidant de me réveiller, je m'aperçus que je ne pouvais plus rouvrir les yeux.

Malgré beaucoup d'efforts des muscles des paupières, je ne parvenais pas à les lever. En réalité, comme je le compris plus tard, je me trompais de muscle : j'agissais sur celui de l'œil même, je faisais les yeux blancs sous les paupières.

Cela commençait à tourner au tragique quand soudain, alors que j'avais cessé pour un instant mes efforts, mes paupières s'entr'ouvrirent d'elles-mêmes, et j'aperçus la spirale ardente du radiateur parabolique installé à proximité de mon fauteuil sur une haute pile de livres, qui m'éclairait.

Je m'étais endormi, le porte-plume aux doigts, tenant de l'autre main mon écritoire, sur la page vierge duquel il ne me restait plus qu'à consigner ce qui précède, sous ce titre conservé ici pour la fin : « Sentiment de victoire au déclin du jour, et ses conséquences funestes ».

LA GARE

Il s'est formé depuis un siècle dans chaque ville ou bourg de quelque importance (et beaucoup de villages, de proche en proche, se sont trouvés atteints par contagion),

Un quartier phlegmoneux, sorte de plexus ou de nodosité tubéreuse, de ganglion pulsatile, d'oignon lacrymogène et charbonneux.

Gonflé de rires et de larmes, sali de fumées.

Un quartier matineux, où l'on ne se couche pas, où l'on passe les nuits.

Un quartier quelque peu infernal où l'on salit son linge et mouille ses mouchoirs.

Où chacun ne se rend qu'en des occasions précises, qui engagent tout l'homme, et même le plus souvent l'homme avec sa famille, ses hardes, ses bêtes, ses lares et tout son saint-frusquin.

Où les charrois de marchandises ailleurs plutôt cachés sont incessants, sur des pavés mal entretenus.

Où les hommes et les chevaux en long ne sont qu'à peine différenciés et mieux traités que les ballots, bagages et caisses de toutes sortes.

Comme le nœud d'une ganse où se nouent et dénouent, d'où partent et aboutissent des voies bizarres, à la fois raides et souples, et luisante, où rien ne peut marcher, glisser, courir ou rouler sinon de longs, rapides et dangereux monstres tonnants et grinçants, parfois gémissants, hurlants ou sifflants, composés d'un matériel de carrosserie monstrueusement grossier, lourd et compliqué, et qui s'entourent de vapeurs et de fumées plus volumineuses par les jours froids, comme celles des naseaux des chevaux de poste.

Un lieu d'efforts maladroits et malheureux, où rien ne s'accomplit sans grosses difficultés de démarrage, manœuvre et parcours, sans bruits de forge ou de tonnerre, raclements, arrachements : rien d'aisé, de glissant, de propre, du moins tant que le réseau n'a pas été électrifié; où tremblent et à chaque instant menacent de s'écrouler en miettes les verrières, buffets à verrerie, lavabos à faïences ruisselantes et trous malodorants, petites voitures, châsses à sandwiches et garde-manger ambulants, lampisteries où se préparent, s'emmaillotent, se démaillotent, se mouchent et se torchent dans la crasse de chiffons graisseux les falots, les fanaux suintants, les lumignons, les clignotantes, les merveilleuses étoiles multicolores, — et jusqu'au bureau du chef de gare, cet irritable gamin :

C'est LA GARE, avec ses moustaches de chat.

LA LESSIVEUSE

Pour répondre au vœu de plusieurs, qui me pressent
curieusement d'abandonner mes espèces favorites
(herbes ou cailloux, par exemple) et de montrer enfin
un homme, je n'ai pas cru pourtant pouvoir mieux
faire encore que de leur offrir une lessiveuse, c'est-
à-dire un de ces objets dont, bien qu'ils se rapportent
directement à eux, ils ne se rendent habituellement
pas le moindre compte.

Et certes, quant à moi, j'ai bien pu concevoir d'abord
qu'on ne doive en finir jamais avec la lessiveuse :
d'autres objets pourtant me sollicitèrent bientôt — dont
je n'eusse pas sans remords non plus subi les muettes
instances longtemps. Voilà comment la lessiveuse, fort

impatiemment écrite, s'est trouvée presque aussitôt abandonnée.

Qu'importe — si jaillit un instant sur elle l'étincelle de la considération...

Qui n'a vécu un hiver au moins dans la familiarité d'une lessiveuse ignore tout d'un certain ordre de qualités et d'émotions fort touchantes, — dont un porte-plume bien manié toutefois doit pouvoir communiquer quelque chose.

Mais il ne suffit pas, assis sur une chaise, de l'avoir contemplée très souvent.

Il faut — bronchant — l'avoir, pleine de sa charge de tissus immondes, d'un seul effort soulevée de terre pour la porter sur le fourneau — où l'on doit la traîner d'une certaine façon ensuite pour l'asseoir juste au rond du foyer.

Il faut avoir sous elle attisé les brandons à progressivement l'émouvoir, souvent tâté ses parois tièdes ou brûlantes; puis écouté le profond bruissement intérieur, et plusieurs fois dès lors soulevé le couvercle pour vérifier la tension des jets et la régularité de l'arrosage.

Il faut l'avoir enfin toute bouillante encore embrassée de nouveau pour la reposer par terre...

Peut-être à ce moment l'aura-t-on découverte. Et quel lyrisme alors s'en dégage, en même temps que les volumineuses nuées qui montent d'un coup heurter le plafond, — pour y perler bientôt... et ruisseler de façon presque gênante ensuite tout au long des murs du réduit :

Si douces sont aux paumes tes cloisons...
Si douces sont tes parois où se sont
Déposés de la soude et du savon en mousse...
Si douce à l'œil ta frimousse estompée,
De fer battu et toute guillochée.....
Tiède ou brûlante et toute soulevée
Du geyser intérieur qui bruit par périodes
Et se soulage au profond de ton être.....
Et se soulage au fond de ton urne bouillante
Par l'arrosage intense des tissus.....

. . . .

Retirons-la, elle veut refroidir... Pourtant ne fallait-il d'abord — tant bien que mal comme sur son trépied — tronconiquement au milieu de la page dresser ainsi notre lessiveuse?

Mais à présent c'est à bas de ce trépied, et même le plus souvent reléguée au fond de la souillarde, — c'est froide à présent et muette, rincée, tous ses membres épars pour être offerts à l'air en ordre dispersé, — que nous allons pouvoir la considérer... Et peut-être ces considérations à froid nous rapprocheront-elles de son principe : du moins reconnaîtrons-nous aussitôt qu'elle n'est pas en cet état moins digne d'intérêt ni d'amour.

Constatons-le d'abord avec quelque respect, c'est le plus grand des vases ménagers. Imposant mais simple. Noble mais fruste. Pas du tout plein de son importance, plein par contre de son utilité.

Sérieuse — et martelée de telle façon qu'elle a sur tout le corps des paupières mi-closes. Beaucoup plus modeste que le chaudron à confitures, par exemple — lequel, pendant ses périodes d'inactivité, fort astiqué, brillant, sert de soleil à la cuisine, constitue son pôle d'orgueil. Ni rutilante, ni si solennelle (bien qu'on ne s'en serve pas non plus tous les jours), l'on ne peut dire qu'elle serve jamais d'ornement.

Mais son principe est beaucoup plus savant. Fort simple tout de même, et tout à fait digne d'admiration.

Certes, je n'irai pas jusqu'à prétendre que l'exemple ou la leçon de la lessiveuse doive à proprement parler galvaniser mon lecteur — mais je le mépriserais un peu sans doute de ne pas la prendre au sérieux.

Brièvement voici :

La lessiveuse est conçue de telle façon qu'emplie d'un amas de tissus ignobles l'émotion intérieure, la bouillante indignation qu'elle en ressent, canalisée vers la partie supérieure de son être retombe en pluie sur cet amas de tissus ignobles qui lui soulève le cœur — et cela quasi perpétuellement — et que cela aboutisse à une purification.

Nous voici donc enfin au plein cœur du mystère. Le crépuscule tombe sur ce lundi soir. Ô ménagères ! Et vous, presque au terme de votre étude, vos reins sont bien fatigués ! Mais d'avoir ainsi potassé tout le jour (quel démon m'oblige à parler ainsi ?) voyez comme vos bras sont propres et vos mains pures fanées par la plus émouvante des flétrissures !

Dans cet instant, je ne sais comment je me sens tenté — plaçant mes mains sur vos hanches chéries — de les confondre avec la lessiveuse et de transférer à elles toute la tendresse que je lui porte : elles en ont l'ampleur, la tiédeur, la quiétude — si quelque chose me dit qu'elles peuvent aussi être le siège de secrètes et bouillantes ardeurs.

... Mais le moment n'est pas venu sans doute d'en détacher encore ce tablier d'un bleu tout pareil à celui du noble ustensile : car vous voilà derechef débridant le robinet. Et vous nous proposez ainsi l'exemple de l'héroïsme qui convient : oui, c'est à notre objet qu'il faut revenir encore; il faut une fois encore rincer à l'eau claire notre idée :

Certes le linge, lorsque le reçut la lessiveuse, avait été déjà grossièrement décrassé. Elle n'eut pas contact avec les immondices eux-mêmes, par exemple avec la morve séchée en crasseux pendentifs dans les mouchoirs.

Il n'en resta pas moins qu'elle éprouve une idée ou un sentiment de saleté diffuse des choses à l'intérieur d'elle-même, dont à force d'émotion, de bouillonnements et d'efforts, elle parvint à avoir raison - à séparer des tissus : si bien que ceux-ci, rincés sous une catastrophe d'eau fraîche, vont paraître d'une blancheur extrême...

Et voici qu'en effet le miracle s'est produit :

Mille drapeaux blancs sont déployés tout à coup — qui attestent non d'une capitulation, mais d'une victoire — et ne sont peut-être pas seulement le signe de la propreté corporelle des habitants de l'endroit.

L'EAU DES LARMES

Pleurer ou voir pleurer gênent un peu pour voir :
entre pleurer et voir s'insèrent trop de charmes... Mais
de voir à pleurer il est trop de rapports, qu'entre pleurer
et voir nous ne scrutions les larmes.

(Il prend la tête de la femme dans ses mains.)

Chère tête! Au fond, que se passe-t-il?

Accolée au rocher crânien, la petite pieuvre la plus
sympathique du monde y resterait coite, — faisant pour
chaque battement de cils fonction strictement de
burette —, si quelque accès soudain de houle senti-
mentale, un brusque saisissement parfois (regrettable
ou béni) ne la pressait (plus fort) de s'exprimer
(mieux).

(Il ·se penche.)

Cher visage! Alors, qu'en résulte-t-il?

Une formule perle au coin nasal de l'œil. Tiède, salée...
Claire, probante...

(Elle sourit.)

Ainsi parfois un visage s'illumine-t-il!

Ainsi parfois peut-on cueillir de la tête de l'homme
ce qui lui vient des réalités les plus profondes, — du
milieu marin...

D'ailleurs la cervelle sent le poisson! Contient pas mal de phosphore...

(Elle se remet à pleurer.)

Ah! De voir à savoir s'il est quelque rapport, de savoir à pleurer faut-il qu'il en soit d'autres!

Pleurer ou voir pleurer gênent un peu pour voir... Mais j'y songe...

(Il cueille une larme au bord des cils.)

De l'œil à la vitre du microscope, n'est-ce pas, à l'inverse, une larme qui convient?

« Ô perles d'Amphitrite! Expressions réussies!

« Entre l'eau des larmes et l'eau de mer il ne doit y avoir que peu de différence, si, — dans cette différence, tout l'homme, peut-être... »

Camarades des laboratoires, prière de vérifier.

LA MÉTAMORPHOSE

Tu peux tordre au pied des tiges
L'élastique de ton cœur
Ce n'est pas comme chenille
Que tu connaîtras les fleurs

Quand s'annonce à plus d'un signe
Tu ruée vers le bonheur

. . . .

Il frémit et d'un seul bond
Rejoignit les papillons.

MŒURS NUPTIALES DES CHIENS

Les mœurs nuptiales des chiens, c'est quelque chose! Dans un village de Bresse, en 1946... (je précise, car étant donné cette fameuse évolution des espèces, si elle se précipitait... ou s'il y avait mutation brusque : on ne sait jamais)...

Quel curieux ballet! Quelle tension!

C'est magnifique, ce mouvement qu'engendre la passion spécifique. Dramatique! Et comme ça a de belles courbes! Avec moments critiques, paroxystiques, et longue patience, persévérance immobile maniaque, ambages à très amples révolutions, circonvolutions, chasses, promenades à allure spéciale...

Oh! Et cette musique! Quelle variété!

Tous ces individus comme des spermatozoïdes, qui se rassemblent après d'invraisemblables, de ridicules détours.

Mais cette musique!

Cette femelle traquée; cruellement importunée; et ces mâles quêteurs, grondeurs, musiciens.

Cela dure des huit jours... (plus peut-être : je corrigerai quand ce sera fini).

Quels maniaques, ces chiens.. Quel entêtement. Quelles sombres brutes. Quels grands bêtas! Tristes. Bornés. Quels emmerdeurs!

Ridicules d'entêtement. Plaintifs. L'air à l'écoute,

au flair. Affairés. Afflairés. Haussant et fronçant tristement, comiquement les sourcils. Tout tendus : oreilles, reins, jarrets. Grondants. Plaintifs. Aveugles et sourds à toute autre chose qu'à leur détermination spécifique.

(Comparez cela à la grâce et à la violence des chats. A la grâce aussi des chevaux.)

Mais ce n'était pas ma chienne, c'était celle du voisin, le Facteur Féaux : je n'ai pas pu voir cela d'assez près, observer les organes de la dame, son odeur, ses traînées, ses pertes de semence.

Je n'ai pu me rendre compte si elle avait commencé par être provocante, ou si seulement cela lui était venu (son état d'abord, ses pertes, son odeur, puis les mâles et leurs si longues, si importunes assiduités), si ça n'avait été pour elle qu'un étonnement douloureux et qu'une plainte, timide, avec déplacements mesurés, consentants.

Enfin, quel drame! Comme la vie, alors révélée, a dû lui paraître harassante, énervante, absurde!

Et la voilà blessée pour toujours, — moralement aussi! Mais elle aura ses beaux petits chiots... Pour elle seule, pendant quelque temps... Alors les mâles lui ficheront la paix, et quel bonheur avec ses petits, quel amusement même, quelle plénitude, — malgré parfois beaucoup d'encombrement entre les pattes et sous le ventre, beaucoup de fatigue.

Enfin, nous n'avons pas beaucoup dormi, pendant ces huit jours... Mais ça ne fait rien : on ne peut pas jouir de tout à la fois, — du sommeil et de quelque chose comme une série de représentations nocturnes au Théâtre Antique.

La lune par là-dessus (au-dessus des passions) m'a paru tenir aussi un grand rôle.

LE VIN

Le rapport est le même entre un verre d'eau et un verre de vin qu'entre un tablier de toile et un tablier de cuir.

Sans doute est-ce par le tanin que le vin et le cuir se rejoignent.

Mais il y a entre eux des ressemblances d'une autre sorte, aussi profondes : l'écurie, la tannerie ne sont pas loin de la cave.

Ce n'est pas tout à fait de sous terre qu'on tire le vin, mais c'est quand même du sous-sol : de la cave, façon de grotte.

C'est un produit de la patience humaine, patience sans grande activité, appliquée à une pulpe douceâtre, trouble, sans couleur franche et sans tonicité.

Par son inhumation et sa macération dans l'obscurité et l'humidité des caves ou grottes, du sous-sol, l'on obtient un liquide qui a toutes les qualités contraires : un véritable rubis sur l'ongle.

Et, à ce propos, je dirai quelque chose de ce genre d'industrie (de transformation) qui consiste à placer la matière au bon endroit, au bon contact... et à attendre.

Un vieillissement de tissus.

Le vin et le cuir sont à peu près du même âge.
Des adultes (déjà un peu sur le retour).

Ils sont tous deux du même genre : moyenne cuirasse.
Tous deux endorment les membres à peu près de
la même façon. Façon lente. Par la même occasion,
ils libèrent l'âme (?). Il en faut une certaine épaisseur.
L'alcool et l'acier sont d'une autre trempe; d'ailleurs
incolores. Il en faut moins.

Le bras verse au fond de l'estomac une flaque froide,
d'où s'élève aussitôt quelque chose comme un serviteur
dont le rôle consisterait à fermer toutes les fenêtres,
à faire la nuit dans la maison; puis à allumer la lampe.
A enclore le maître avec son imagination.
La dernière porte claquée résonne indéfiniment et,
dès lors, l'amateur de vin rouge marche à travers le
monde comme dans une maison sonore, où les murs
répondent harmonieusement à son pas,
Où les fers se tordent comme des tiges de liseron
sous le souffle émané de lui, où tout applaudit, tout
résonne d'applaudissement et de réponse à sa démarche,
son geste et sa respiration.
L'approbation des choses qui s'y enlacent alourdit
ses membres. Comme le pampre enlace un bâton, un
ivrogne un réverbère, et réciproquement. Certainement,
la croissance des plantes grimpantes participe d'une
ivresse pareille.

Ce n'est pas grand'chose que le vin. Sa flamme pourtant danse en beaucoup de corps au milieu de la ville.
Danse plutôt qu'elle ne brille. Fait danser plus qu'elle
ne brûle ou consume.

Transforme les corps articulés, plus ou moins en guignols, pantins, marionnettes.

Irrigue chaleureusement les membres, animant en particulier la langue.

Comme de toutes choses, il y a un secret du vin; mais c'est un secret qu'il ne garde pas. On peut le lui faire dire : il suffit de l'aimer, de le boire, de le placer à l'intérieur de soi-même. Alors il parle.

En toute confiance, il parle.

Tandis que l'eau garde mieux son secret; du moins est-il beaucoup plus difficile à déceler, à saisir.

LE LÉZARD

ARGUMENT

Ce petit texte presque sans façon
montre peut-être comment l'esprit
forme une allégorie puis à volonté
la résorbe.
Plusieurs traits caractéristiques
de l'objet surgissent d'abord, puis
se développent et se tressent selon
le mouvement spontané de l'esprit
pour conduire au thème, lequel
à peine énoncé donne lieu à une
courte réflexion *a parte* d'où se délivre
aussitôt, comme une simple évidence,
le thème abstrait au cours (vers la
fin) de la formulation duquel s'opère
la disparition automatique de l'objet.

Lorsque le mur de la préhistoire se lézarde, ce mur
de fond de jardin (c'est le jardin des générations pré-
sentes, celui du père et du fils), — il en sort un petit
animal formidablement dessiné, comme un dragon
chinois, brusque mais inoffensif chacun le sait et ça
le rend bien sympathique. Un chef-d'œuvre de la bijoute-

rie préhistorique, d'un métal entre le bronze vert et le vif-argent, dont le ventre seul est fluide, se renfle comme la goutte de mercure. Chic! Un reptile à pattes! Est-ce un progrès ou une dégénérescence? Personne, petit sot, n'en sait rien. Petit saurien.

Par ce mur nous sommes donc bien mal enfermés. Si prisonniers que nous soyons, nous sommes encore à la merci *de l'extérieur*, qui nous jette, nous expédie sous la porte ce petit poignard. A la fois comme une menace et une mauvaise plaisanterie.

Ce petit poignard qui traverse notre esprit en se tortillant d'une façon assez baroque, dérisoirement.

Arrêt brusque. Sur la pierre la plus chaude. Affût? ou bien repos automatique? Il se prolonge. Profitons-en; changeons de point de vue.

Le Lézard dans le monde des mots n'a pas pour rien ce *zède* ou *zèle* tortillard, et pas pour rien sa désinence en *ard*, comme fuyard, flemmard, musard, pendard, hagard. Il apparaît, disparaît, réapparaît. Jamais familier pourtant. Toujours un peu égaré, toujours cherchant furtivement sa route. Ce ne sont pas insinuations trop familières que celles-ci. Ni venimeuses. Nulle malignité : aucun signe d'intelligence à l'homme.

Une sorte de petite locomotive haut-le-pied. Un petit train d'allégations hâtives, en grisaille, un peu monstrueuses, à la fois familières et saugrenues, — qui circule avec la précipitation fatale aux jouets mécaniques, faisant comme eux de brefs trajets à ras de terre, mais beaucoup moins maladroit, têtu, il ne va pas buter contre un meuble, le mur : très silencieux et souple au contraire, il s'arrange toujours, lorsqu'il est à bout de course, d'arguments, de ressort dialectique, pour disparaître par quelque fente, ou fissure, de l'ouvrage de maçonnerie sur lequel il a accompli sa carrière...

Il arrive qu'il laisse entre vos doigts le petit bout de sa queue.

... Une simple gamme chromatique? Un simple arpège? Une bonne surprise après tout, si elle fait d'abord un peu sauter le cœur. On reviendra près de cette pierre.

Ou bien on l'aperçoit tout à coup, plaqué contre la muraille : il était là, immobile.

Il a, dans sa seule silhouette alors, quelque chose d'un peu redoutable. C'est son côté trop dessiné, son petit côté dragon, ou poignard.

Mais on se rassure aussitôt : il n'est pas du tout aimanté vers vous (comme sont les serpents). Il vous laisse, mieux que l'oiseau, le loisir de le contempler un peu : il lui est naturel de s'arrêter ainsi sur la pierre la plus chaude... Hésitation? Anxiété? Stupeur? Délices de Capoue? Affût?

Ennemi de la mouche au sol! On ne peut dire qu'il ne ferait pas de mal à une mouche, puisqu'il s'en nourrit. Il faut bien se nourrir de quelque chose quand on est un petit bibelot ovipare, obligé d'assurer soi-même sa perpétuation. Comme le bougeoir si par exemple ou quelque petit bronze sur la cheminée du docteur s'offrait un spasme, montrait sa brève contorsion spécifique. Il lance alors sa petite langue comme une flamme. Ce n'est pourtant pas du feu, ce ne sont pas des flammes qui sortent de sa bouche, mais bien une langue, une langue très longue et fourchue, aussi vite rentrée que sortie, — qui vibre du sentiment de son audace. Et pourquoi donc s'affectionnent-ils aux surfaces des ouvrages de maçonnerie? A cause de la blancheur éclatante (et morne étendue) de ces sortes de plages, laquelle attire à s'y poser les mouches, qu'eux guettent et harponnent du bout de leur langue pointue.

Le Lézard suppose donc un ouvrage de maçonnerie, ou quelque rocher par sa blancheur qui s'en rapproche. Fort éclairé et chaud.

Et une faille de cette surface, par où elle communique avec la (parlons bref) préhistoire... D'où le lézard *s'alcive* (obligé d'inventer ce mot).

Et voici donc, car l'on ne saurait trop préciser ces choses, voici les conditions nécessaires et suffisantes..., pratiquement voici comment disposer les choses pour qu'à coup sûr apparaisse un lézard.

D'abord un quelconque ouvrage de maçonnerie, à la surface éclatante et assez fort chauffée par le soleil. Puis une faille dans cet ouvrage, par quoi sa surface communique avec l'ombre et la fraîcheur qui sont en son intérieur ou de l'autre côté. Qu'une mouche de surcroît s'y pose, comme pour faire la preuve qu'aucun mouvement inquiétant n'est en vue depuis l'horizon... Par cette faille, sur cette surface, apparaîtra alors un lézard (qui aussitôt gobe la mouche).

Et maintenant, pourquoi ne pas être honnête, *a posteriori*? Pourquoi ne pas tenter de comprendre? Pourquoi m'en tenir au poème, piège au lecteur et à moi-même? Tiens-je tellement à laisser un poème, un piège?

87

Et non, plutôt, à faire progresser d'un pas ou deux mon esprit? A quoi ressemble plus cette surface éclatante de la roche ou du môle de maçonnerie que j'évoquais tout à l'heure, qu'à une page, — par un violent désir d'observation (à y inscrire) éclairée et chauffée à blanc? Et voici donc dès lors comment transmuer les choses.

Telles conditions se trouvant réunies :

Page par un violent désir d'observation à y inscrire éclairée et chauffée à blanc. Faille par où elle communique avec l'ombre et la fraîcheur qui sont à l'intérieur de l'esprit. Qu'un mot par surcroît s'y pose, ou plusieurs mots. Sur cette page, par cette faille, ne pourra sortir qu'un... (aussitôt gobant tous précédents mots)... un petit train de pensées grises, — lequel circule ventre à terre et rentre volontiers dans les tunnels de l'esprit.

LA RADIO

Cette boîte vernie ne montre rien qui saille, qu'un bouton à tourner jusqu'au proche déclic, pour qu'au-dedans bientôt faiblement se rallument plusieurs petits gratte-ciel d'aluminium, tandis que de brutales vociférations jaillissent qui se disputent notre attention.

Un petit appareil d'une « sélectivité » merveilleuse! Ah, comme il est ingénieux de s'être amélioré l'oreille à ce point! Pourquoi? Pour s'y verser incessamment l'outrage des pires grossièretés.

Tout le flot de purin de la mélodie mondiale.

Eh bien, voilà qui est parfait, après tout! Le fumier, il faut le sortir et le répandre au soleil : une telle inondation parfois fertilise...

Pourtant, d'un pas pressé, revenons à la boîte, pour en finir.

Fort en honneur dans chaque maison depuis quelques années — au beau milieu du salon, toutes fenêtres ouvertes — la bourdonnante, la radieuse seconde petite boîte à ordures!

LA VALISE

Ma valise m'accompagne au massif de la Vanoise,
et déjà ses nickels brillent et son cuir épais embaume.
Je l'empaume, je lui flatte le dos, l'encolure et le plat.
Car ce coffre comme un livre plein d'un trésor de plis
blancs : ma vêture singulière, ma lecture familière et
mon plus simple attirail, oui, ce coffre comme un livre
est aussi comme un cheval, fidèle contre mes jambes,
que je selle, je harnache, pose sur un petit banc, selle
et bride, bride et sangle ou dessangle dans la chambre
de l'hôtel proverbial.

Oui, au voyageur moderne sa valise en somme reste
comme un reste de cheval.

LA TERRE

(Ramassons simplement une motte
de terre)

Ce mélange émouvant du passé des trois règnes,
tout traversé, tout infiltré, tout cheminé d'ailleurs
de leurs germes et racines, de leurs présences vivantes :
c'est la terre.

Ce hachis, ce pâté de la chair des trois règnes.

Passé, non comme souvenir ou idée, mais comme
matière.

Matière à la portée de tous, du moindre bébé; qu'on
peut saisir par poignées, par pelletées.

Si parler ainsi de la terre fait de moi un poète mineur,
ou terrassier, je veux l'être! Je ne connais pas de plus
grand sujet.

Comme on parlait de l'Histoire, quelqu'un saisit une
poignée de terre et dit : « Voilà tout ce que nous savons
de l'Histoire Universelle. Mais cela nous le savons,

91

le voyons; nous le tenons : nous l'avons bien en mains. »
Quelle vénération dans ces paroles!

Voici aussi notre aliment; où se préparent nos aliments. Nous campons là-dessus comme sur les silos de l'histoire, dont chaque motte contient en germe et en racines l'avenir.

Voici pour le présent notre parc et demeure : la chair de nos maisons et le sol pour nos pieds.
Aussi notre matière à modeler, notre jouet.
Il y en aura toujours à notre disposition. Il n'y a qu'à se baisser pour en prendre. Elle ne salit pas.

On dit qu'au sein des géosynclinaux, sous des pressions énormes, la pierre se reforme. Eh bien, s'il s'en forme une, de nature particulière, à partir de la terre proprement dite, improprement appelée végétale, à partir de ces restes sacrés, qu'on me la montre! Quel diamant serait plus précieux!

Voici enfin l'image présente de ce que nous tendons à devenir.
Et, ainsi, le passé et l'avenir présents.
Tout y a concouru : non seulement la chair des trois règnes, mais l'action des trois autres éléments : l'air, l'eau, le feu.
Et l'espace, et le temps.

Ce qui est tout a fait spontané chez l'homme, touchant la terre, c'est un affect immédiat de familiarité, de sympathie, voire de vénération, quasi filiale.
Parce qu'elle est la matière par excellence.

Or, la vénération de la matière : quoi de plus digne de l'esprit?

Tandis que l'esprit vénérant l'esprit... voit-on cela?

— On ne le voit que trop.

LA CRUCHE

Pas d'autre mot qui sonne comme cruche. Grâce à cet U qui s'ouvre en son milieu, cruche est plus creux que creux et l'est à sa façon. C'est un creux entouré d'une terre fragile : rugueuse et fêlable à merci.

Cruche d'abord est vide et le plus tôt possible vide encore.

Cruche vide est sonore.

Cruche d'abord est vide et s'emplit en chantant.

De si peu haut que l'eau s'y précipite, cruche d'abord est vide et s'emplit en chantant.

Cruche d'abord est vide et le plus tôt possible vide encore.

C'est un objet médiocre, un simple intermédiaire.

Dans plusieurs verres (par exemple) alors avec précision la répartir.

C'est donc un simple intermédiaire, dont on pourrait se passer. Donc, bon marché; de valeur médiocre.

Mais il est commode et l'on s'en sert quotidiennement.

C'est donc un objet utile, qui n'a de raison d'être que de servir souvent.

Un peu grossier, sommaire; méprisable? — Sa perte ne serait pas un désastre...

La cruche est faite de la matière la plus commune; souvent de terre cuite.

Elle n'a pas les formes emphatiques, l'emphase des amphores.

C'est un simple vase, un peu compliqué par une anse; une panse renflée; un col large — et souvent le bec un peu camus des canards.

Un objet de basse-cour. Un objet domestique.

La singularité de la cruche est donc d'être à la fois médiocre et fragile : donc en quelque façon précieuse. Et la difficulté, en ce qui la concerne, est qu'on doive — car c'est aussi son caractère — s'en servir quotidiennement.

Il nous faut saisir cet objet médiocre (un simple intermédiaire, de peu de valeur, bon marché), le placer en pleine lumière, le manier, faire jouer; nettoyer, remplir, vider.

Tant va la cruche à l'eau qu'à la fin elle casse. Elle périt par usage prolongé. Non par usure : par accident. C'est-à-dire, si l'on préfère, par usure de ses chances de survie.

C'est un ustensile qui périt par une sorte particulière d'usure : l'usure de ses chances de survie.

Ainsi la cruche, qui a un caractère un peu simple et plutôt gai, périt par usage prolongé.

Certaines précautions sont donc utiles pour ce qui la concerne. Il nous faut l'isoler un peu, qu'elle ne choque aucune autre chose. L'éloigner un peu des autres choses.

Pratiquer avec elle un peu comme le danseur avec

sa danseuse. En rapports avec elle, faire preuve d'une certaine prudence, éviter de heurter les couples voisins.

Pleine elle peut déborder, vide elle peut casser.

Il ne faut pas, non plus, la reposer brusquement... lui laisser trop peu de champ libre.

Voilà donc un objet dont il faut nous servir quotidiennement, mais à propos duquel, malgré son côté bon marché, il nous faut pourtant calculer nos gestes. Pour le maintenir en forme et qu'il n'éclate pas, ne s'éparpille pas brusquement en morceaux absolument sans intérêt, navrants et dérisoires.

Certains, il est vrai, pour se consoler, s'attardent — et pourquoi pas? — auprès des morceaux d'une cruche cassée : notant qu'ils sont convexes... et même crochus... pétalliformes..., qu'il y a parenté entre eux et les pétales des roses, les coquilles d'œufs... Que sais-je?

Mais n'est-ce pas une dérision?

Car tout ce que je viens de dire de la cruche, ne pourrait-on le dire, aussi bien, des *paroles*?

LES OLIVES

Olives vertes, vâtres, noires.

L'olivâtre entre la verte et la noire sur le chemin de la carbonisation. Une carbonisation en douce, dans l'huile — où s'immisce alors, peut-être, l'idée du rancissement.

Mais... est-ce juste?

Chaque olive, du vert au noir, passe-t-elle par l'olivâtre? Ou ne s'agit-il plutôt, chez d'aucunes, d'une sorte de maladie?

Cela semble venir du noyau, qui tenterait, assez ignoblement alors, d'échanger un peu de sa dureté contre la tendresse de la pulpe... Au lieu de s'en tenir à son devoir; qui est, tout au contraire, non de durcir la pulpe (sous aucun prétexte!), mais contre elle de se faire de plus en plus dur... Afin de la décourager au point qu'elle se décompose... et lui permette, à lui, de gagner le sol, — et de s'y enfoncer. Libre à lui, alors (mais alors seulement), de se détendre : s'entr'ouvrir... et germer.

Quoi qu'il en soit, l'accent circonflexe se lit avec satisfaction sur olivâtre. Il s'y forme comme un gros sourcil noir sous lequel aussitôt quelque chose se pâme, tandis que la décomposition se prépare.

Mais quand l'olive est devenue noire, rien ne l'est plus brillamment. Quelle merveille, ce côté flétri dans la forme... Mais savoureuse au possible, et polie mais non trop, sans rien de tendu.

Meilleur suppositoire de bouche encore que le pruneau.

Après en avoir fini de ces radotages sur la couleur de la pulpe et sa forme, venons-en au principal — plus sensible à sucer le noyau — qui est la proximité d'*olive* et d'*ovale.*

Voilà une proximité fort bien jouée, et comme naïve.

Quoi de plus naïf au fond qu'une olive?

Gracieuses et prestes dans l'entregent, elles ne font pas pour autant les sucrées, comme ces autres jeunes filles : les dragées... les précieuses!

Plutôt amères, à vrai dire. Et peut-être faut-il les traiter d'une certaine façon pour les adoucir : les laisser mariner un peu.

Mais d'ailleurs, ce qu'on trouve enfin au noyau, ce n'est pas une amande : une petite balle; une petite torpille d'un bois très dur, qui peut à l'occasion pénétrer facilement jusqu'au cœur...

Non! N'exagérons rien! Sourions-en plutôt (d'un côté du moins de la bouche), pour la poser bientôt sur le bord de l'assiette...

... Voilà qui est tout simple. Ni de trop bon ni de trop mauvais goût... Qui n'exige pas plus de perfection que je ne viens d'y mettre... et peut plaire pourtant, plaît d'habitude à tout le monde, comme hors-d'œuvre.

ÉBAUCHE D'UN POISSON

(Le Rallye des Poissons.)

Comme — mille tronçons de rail sous la locomotive —
mille barres ou signes de l'alphabet morse télégra-
phique — mille tirets en creux sur la partition de
l'orgue mécanique — les poissons se succèdent et fuient
— d'une succession immédiate — choses qui ne sont pas
à exprimer car elles sont à elles-mêmes leurs signes —
étant choses si schématiques et choses qui ne s'arrêtent
point.

Mais...

(La Tournoie.)

La tournoie —, poisson de l'épaisseur d'un volet —,
tantôt comme un volet tourne sur ses gonds —, tantôt
semble me gler (mais la vue de sa gueule rend sourd).

(Les Poissons chinois.)

Et il y a aussi ces poissons chinois; comme des King-
Charles; avec leurs kimonos à manches larges.

Mais... LE VOICI!

(A la poursuite du vrai Poisson.)

... Sa principale qualité est d'être profilé si victorieusement, d'avoir si exactement rentré ses membres
à l'alignement pour évoluer dans son milieu — ce milieu
épais —, qu'il semble que son corps y soit parfaitement
à l'aise, joue à sa volonté, frétille, ne soit nullement
embarrassé.

Mais alors, pourquoi l'expression de sa face démenti-
elle tragiquement celle de son corps?

— Son angoisse s'y est réfugiée.

Et nous pensons alors que c'est l'horreur de s'être
rendu manchot qui le point. Le fait de n'avoir plus que
sa gueule pour prendre (et peut-il seulement recracher?)

Comme un rat d'hôtel par lui-même si soigneuse-
ment emmailloté qu'il ne pourrait plus faire son métier.

Victorieusement-vainement gainé, dégainé. Victorieusement-vainement profilé, uni, souple. Victorieusement-vainement pénétrant, rond, huilé.

Prisonnier de son huile comme de son acier.

Le poisson est une pièce de mécanique (un arbre, un
piston, une navette) qui apporte dans le milieu où elle
doit jouer à la fois son acier et son huile, sa dureté
et sa lasciveté, son audace et sa fuite, son engagement
et sa libération.

Mais alors, pourquoi cette expression d'angoisse?

Ai-je seulement le droit d'en parler? — Bien sûr,
puisqu'elle se montre en ce signe de façon si évidente!

... Mais seulement *lorsqu'il s'immobilise ou ralentit.*

Et là peut-être y a-t-il une indication importante...

Là peut-être allons-nous saisir quelque chose d'important concernant le rapport de tels signes à l'homme... Ce qui n'est pas l'essentiel du poisson, peut-être...? Mais il faut prendre son bien quand on le trouve! ... Il suffit! Revenons au poisson.

Pourquoi donc ai-je le *vainement* quand le *victorieusement* ralentit? (mais le vainement alors sans aucun doute...)

Cet œil rond, de face et non de profil, lui... Comme un hublot, une cible, une faiblesse, un énorme point faible... Ô! Comment le pardonnerions-nous à la nature!

Ce rond-point faible écarquillé...

Obus! Torpille angoissée (dès qu'elle ralentit!) Comportant cet énorme point faible, comme une cible : son œil écarquillé...

Comme un court athlète dans son maillot à paillettes, poisson tenu en main étonne par sa vigueur, glisse avec brusquerie et force à le brandir, — grâce à la prestesse et vigueur extrême de ses réactions et ce côté bandé à s'enfuir malgré sa cotte de mailles, parce qu'elle est huileuse, lubrifiée...

Son maillot de piécettes : comme de la monnaie-du-pape (mais bleutée); de piécettes usées, atténuées (surtout sur un bord); bien assemblées en un corps en forme de bourse qui sait ce qu'elle veut : veut à tout prix s'échapper de vos doigts!

Ainsi le poisson dans mon esprit se situe-t-il entre la bourse à piécettes et le mollet gainé de soie (à cause de son côté musculeux).

On pourrait ici parler de bas de soie comme bourse, et non plus de bas de laine, car elle est brillante et musculeuse, et ne reste volontiers ni dans la main ni dans la poche.

Ainsi est le poisson, dont on peut, le pliant, apercevoir la façon d'assemblage et la jointure des écailles... A le rompre.

(*Les écailles disjointes*, comme de la monnaie-du-pape bleutée, qui a cours sous-marinement...
Mais dans les rues avoisinant la Bourse, quel silence! sous le funèbre clapotis superficiel...)
(*Les écailles disjointes*, cela pue, le poisson; aussi par les mâchoires tendineuses...)

Mais il a, d'abord, de ces battements de queue! Comme un battoir! Et il a. Oh! Surtout il a cette tête! Tête à n'en pas douter! Tête si peu différente de la nôtre!
Au col, les ouïes évoquent certaines persiennes, plus sèches, tendant du côté du papier, du bristol. Persiennes, jalousies en bristol rouge, sanglant...
Bien! N'insistons pas!

Sous le ventre, chez certains poissons, pas grande différence avec le dos. Chez d'autres (et ça, on l'aime moins), c'est franchement mou, déprimé, déprimant, vulnérable. Comme un défaut de la cuirasse. Là sont les boyaux, comme dans la nacelle du dirigeable, d'où ils peuvent bientôt dépendre, comme les guideropes...
Sac suspect...
Mais, ah! Non, n'en parlons pas trop! Ne parlons pas de corde dans la maison du pendu!

LE VOLET, SUIVI DE SA SCHOLIE

Volet plein qui bat le mur, c'est un drôle d'oiseau qu'un volet. Qui ne s'envole mie. Et se désarticule-t-il? Non. Il s'articule. Et crie. Par les gonds de son aile unique rectangulaire. Et s'assomme comme un battoir sur le mur.

Un drôle d'oiseau cloué. Cloué par son profil, ce qui est plus cruel ou qui sait? Car il peut battre de l'aile. Et s'assommer à sa guise contre le mur. Faisant retentir l'air de ses cris et de ses coups de battoir.

Vlan, deux fois.

Mais quand il nous a assez fatigués, on le cloue alors grand ouvert ou tout à fait fermé. Alors s'établit le silence, et la bataille est finie : je ne vois plus rien à en dire.

Dieu merci, je ne suis donc pas sourd! Quand j'ai ouvert mon volet ce matin, j'ai bien entendu son grincement, son cri et son coup de battoir. Et j'ai senti son poids.

Aujourd'hui, cela eut plus d'importance que la lumière délivrée et que l'apparition du monde extérieur, de tout le train des objets dans son flot.

D'autres jours, cela n'a aucune importance : lorsque je ne suis qu'un homme comme les autres et que lui, alors, n'est rigoureusement rien, pas même un volet.

Mais voici qu'aujourd'hui — et rendez-vous compte de ce qu'est aujourd'hui dans un texte de Francis Ponge — voici donc qu'aujourd'hui, pour l'éternité, aujourd'hui dans l'éternité le volet aura grincé, aura crié, pesé, tourné sur ses gonds, avant d'être impatiemment rabattu contre cette page blanche.

Il aura suffi d'y penser; ou, plus tôt encore, de l'écrire.

Stabat un volet.

Attaché au mur par chacun de ces deux *a*, de chaque côté de la fenêtre, à peu près perpendiculaire au mur.

Ça bat, ou plutôt stabat un volet.

Stabat et ça crie. Stabat et ça a crié. Stabat et ça grince et ça a crié un volet.

Stabat tout droit, dans la verticale absolue, tendu comme à deux mains placées l'une au-dessous de l'autre le fusil tenu par deux doigts ici, deux doigts plus haut, tenu tout près du corps, du mur, dans la position du présentez-armes en décomposant.

Et on peut le gifler, même le plus grand vent : Stabat.

Non, ce n'est pas le mouvement du pendule, car il y a *deux* attaches : beaucoup moins libre.

Attention! J'atteins ici à quelque chose d'important concernant la liberté — quelle liberté? — du pendule. Un seul point d'attache, supérieur... et il est libre : de chercher son immobilité, son repos...

Mais le volet l'atteint beaucoup plus vite, et plus bruyamment!

(Ce ne doit pas être tout à fait cela, mais je n'ai pas l'intention de m'y fatiguer les méninges.)

Le volet aussi me sert de nuage : il suffit à cacher le soleil.

Va donc, triste oiseau, crie et parle! Va, mon volet plein, bat le mur!

... Ho! Ho! mon volet, que fais-tu?

Plein fermé, je n'y vois plus goutte. Grand ouvert, je ne *te* vois plus :

> VOLET PLEIN NE SE PEUT ÉCRIRE
> VOLET PLEIN NAÎT ÉCRIT STRIÉ
> SUR LE LIT DE SON AUTEUR MORT
> OÙ CHACUN VEILLANT À LE LIRE
> ENTRE SES LIGNES VOIT LE JOUR.

(Signé à l'intérieur.)

SCHOLIE. — Pour que le petit oracle qui termine ce poème perde bientôt — et quasi spontanément — de son caractère pathétique, il suffirait que (dans ses éditions classiques) il soit imprimé comme suit :

> VOLET PLEIN NE SE PEUT ÉCRIRE
> VOLET PLEIN NAÎT ÉCRIT STRIÉ
> SUR LE LIVRE DE L'AUTEUR MORT
> OÙ L'ENFANT QUI VEILLE À LE LIRE
> ENTRE SES LIGNES VOIT LE JOUR.

C'est en effet la seule façon intelligente de le comprendre (et de l'écrire, dès que le livre est conçu). Mais enfin, il ne me fut pas donné ainsi. Il n'y avait pas tant un livre, dans cette chambre, que, *jusqu'à nouvel ordre*, ce LIT.

L'oracle y gagna-t-il en *beauté*? Peut-être (je n'en suis pas sûr...) Mais en ambiguïté et en cruauté, sûrement.

Pas de doute pourtant : fût-ce aux dépens de la beauté, il fallait devenir intelligent le plus tôt possible : c'est-à-dire plus modeste, on le voit.

On me dira qu'une modestie véritable (et la seule dignité peut-être) aurait voulu que j'accomplisse le petit sacrifice de mes beautés sans le dire et ne montre que cette dernière version... Mais sans doute vivons-nous dans une époque bien misérable (en fait de rhétorique), que je ne veuille priver personne de cette leçon, ni manquer d'abord de me la donner explicitement à moi-même.

... Et puis, suis-je tellement sûr, en définitive, d'avoir eu, de ce LIT, raison?

L'ATELIER

Formellement nous le dirons d'abord (formalité dût
en écho s'entendre) : pour nous, qui nous logeons à
telle obscure enseigne de ne pouvoir, si nous ne nous
trompons, nous croire artiste (ni poète); connaissant
d'ailleurs nos outils : le bec acéré de la plume et cette
acide liqueur d'encre qu'il lui faut, processivement,
goutte à goutte instiller en l'esprit, c'est au risque de
crever la notion d'atelier, de la détruire en quelque
façon, enfin d'en percer le mystère que nous devons
tenter de nous l'approprier aujourd'hui. Mais tentons-le,
puisque tel le devoir.

Qui regarde de haut une ville, serait-ce par l'imagination seulement, aperçoit certains bâtiments, éléments ou séries de bâtiments, dont l'aspect singulier
est d'être, par tout ou partie de leur surface (murs et
toits), translucides.

Voilà certes qui éclate de nuit surtout, depuis qu'aussitôt environnée par les ombres, chaque demeure humaine,
à l'instar de certains organismes phosphorescents,
produit en son intérieur une lumière assez vive. Mais,
pour une sensibilité exercée, peut-être l'impression

est-elle de jour encore plus touchante : il semble que l'épiderme de la ville ait été là par places (à ces endroits), aminci, atténué à l'extrême et que la chair n'en soit protégée plus que par une pellicule des plus fragiles.

Si l'on note d'ailleurs que de tels bâtiments s'observent plus nombreux dans les quartiers périphériques, où la population d'habitude se rend pour œuvrer collectivement, l'on en pourra évidemment conclure se trouver en présence là de manifestations de cet effet *vésicatoire* produit souvent sur les peaux sensibles par le travail, les frottements,

Ainsi ne s'agit-il pas, à proprement parler, d'une simple usure, mais la sérosité épanchée entre le derme (à vif) et l'épiderme forme alors ces petites tumeurs, qui peuvent donner à tout un quartier l'aspect bullescent, ou bullulé.

Et voici donc ce qu'on appelle un atelier : sur le corps des bâtiments comme une variété d'ampoule, entre verrière et verrue.

Insistons-y : ce qui préside à leur formation, comme l'activité cellulaire très intense qui se produit collectivement là-dessous, ne doit pas être mise au compte tout simplement de l'usure, mais plutôt d'une dialectique subtile de l'usure et de la réparation (voire de la fabrication), — très active. Accompagnée le plus souvent d'une sensation très vive, du genre hectique, qu'il ne m'appartient pas d'affecter d'un coefficient de douleur ou de plaisir. Et naturellement, la transparence de la partie usée, ou verrière, est très utile à ce qui se fait là-dessous, à cause des effets thérapeutiques de la lumière.

On voit tout ce qui pourrait être dit là-dessus; et ajouté, par exemple comme couleur, odeur, rythme, bruit ou musique. Mais je ne veux pas trop insister, car tout ce qui précède concerne les ateliers en général, et je dois m'appliquer maintenant à une certaine catégorie d'entre eux.

Ce sont ceux qui le plus généralement se forment à l'étage supérieur, ou mettons sur la phalange extrême de certains immeubles bourgeois, partout ailleurs plutôt opaques et mornes.

Nous approchant d'eux au plus près, nous serons aussitôt frappés de la présence devinée en leur intérieur incontestablement d'*une personne*, et voilà certes qui est de nature à modifier profondément notre impression.

Disons-le : cette sorte d'ateliers nous est de beaucoup mieux connue. Plusieurs fois attiré ou admis en certains d'entre eux, rien de ce que nous y avons vu n'a pu infirmer la notion générale que nous venons de définir, mais, s'il s'agit ici encore d'une sorte de bulles ou d'ampoules, certainement d'autre chose aussi.

Tandis qu'en ceux que nous évoquions tout à l'heure s'observait une animation méthodique, des plus régulièrement répartie, comme si (chaque cellule tournant certes très vite, à la façon d'une turbine ou d'un moteur) l'ensemble (y compris les hommes employés à l'intérieur) donnait l'idée mettons d'une grande plaie ou brûlure superficielle en train merveilleusement de se cicatriser (ainsi quelque centrale électrique ou atelier de métallurgie), c'est tout autre chose qu'évoque, dans ceux dont nous parlons maintenant, l'activité spasmodique, parfois accélérée, souvent ralentie, le comportement et la figure même de l'être que nous y observons.

Voyez ces yeux, leur expression muette, ces gestes lents et ces précautions; et cet empêtrement; et parfois même, cette immobilité pathétique de nymphes.

Ah! pour nous en expliquer au plus vite, disons qu'il s'agit ici, sur le corps de certains bâtiments, comme parfois sur la branche d'un arbre ou sur la feuille du mûrier, d'une sorte de nids d'insectes, — d'une sorte de cocons.

Et donc, bien sûr encore, d'un local ou d'un bocal organique, mais construit par l'individu lui-même pour s'y enclore longuement, sans cesser d'y bénéficier pour autant, par transparence, de la lumière du jour.

Et à quelle activité s'y livre-t-il donc? Eh bien, tout simplement (et tout tragiquement), à sa *métamorphose*.

Qu'on nous pardonne si, cette idée conçue, elle nous ferme aussitôt la bouche. Car certes, nous pourrions épiloguer longuement. Montrer comment à l'aide de tels membres grêles épars, échelles, chevalets et pinceaux ou compas, grâce aussi par exemple à ces petites glandes sécrétives que sont les tubes de couleurs, laborieusement ou frénétiquement parfois, l'artiste (c'est le nom de cette espèce d'hommes, et il doit se nourrir d'une pâtée royale : natures mortes, nus, paysages parfois) *mue* et palpite et s'arrache ses œuvres. Qu'il faut considérer dès lors comme des peaux.

Mais il suffit. Plus rien n'est à percer... et nous ne sommes pas un cheval de manège.

Aussi, — pour en finir (le plus académiquement du monde) par où nous avons commencé, nous retirerons-nous dans notre pièce obscure, — vous donnant ainsi le prétexte (déçus si vous l'étiez par notre dérobade — à nous voir maintenant de la paroi de verre décoller progressivement nos ventouses) — de nous assimiler à quelque bête affreuse et notre informe écrit formellement à ce nuage d'encre à la faveur duquel elle s'enfuit.

L'ARAIGNÉE

EXORDE EN COURANTE.
PROPOSITION (THÈME DE LA SARABANDE).
COURANTE EN SENS INVERSE (CONFIR-
MATION).
SARABANDE, LA TOILE OURDIE
(GIGUE D'INSECTES VOLANT AUTOUR).
FUGUE EN CONCLUSION

Sans doute le sais-je bien... (pour l'avoir quelque jour dévidé de moi-même? ou me l'a-t-on jadis avec les linéaments de toute science appris?) que l'araignée sécrète son fil, bave le fil de sa toile... et n'a les pattes si distantes, si distinctes — la démarche si délicate — qu'afin de pouvoir ensuite arpenter cette toile — parcourir en tous sens son ouvrage de bave sans le rompre ni s'y emmêler — tandis que toutes autres bestioles non prévenues s'y emprisonnent de plus belle par chacun de leurs gestes ou cabrioles éperdues de fuite...

Mais d'abord, comment agit-elle?

Est-ce d'un bond hardi? ou se laissant tomber sans lâcher le fil de son discours, pour revenir plusieurs fois par divers chemins ensuite à son point de départ, sans

III

avoir tracé, tendu une ligne que son corps n'y soit passé — n'y ait tout entier participé — à la fois filature et tissage?

D'où la définition par elle-même de sa toile aussitôt conçue :

DE RIEN D'AUTRE QUE DE SALIVE PROPOS EN L'AIR MAIS AUTHENTIQUEMENT[1] TISSUS — OÙ J'HABITE AVEC PATIENCE — SANS PRÉTEXTE QUE MON APPÉTIT DE LECTEURS.

A son propos ainsi — à son image —, me faut-il lancer des phrases à la fois assez hardies et sortant uniquement de moi, mais assez solides — et faire ma démarche assez légère, pour que mon corps sans les rompre sur elles prenne appui pour en imaginer — en lancer d'autres en sens divers — et même en sens contraire par quoi soit si parfaitement tramé mon ouvrage, que ma panse[2] dès lors puisse s'y reposer, s'y tapir, et que je puisse y convoquer mes proies — vous, lecteurs, vous, attention de mes lecteurs — afin de vous dévorer ensuite en silence (ce qu'on appelle la gloire)...

Oui, soudain, d'un angle de la pièce me voici à grands pas me précipitant sur vous, attention de mes lecteurs prise au piège de mon ouvrage de bave, et ce n'est pas le moment le moins réjouissant du jeu : c'est ici que je vous pique et vous endors!

1. Var. : Mésentériquement.
2. Var. : Pensée.

SCARAMOUCHES AU CIEL[1] QUI MENEZ DEVERS MOI LE BRANLE IMPÉNITENT DE VOTRE VÉSANIE...

Mouches et moucherons,
abeilles, éphémères,
guêpes, frelons, bourdons,
cirons, mites, cousins,
spectres, sylphes, démons,
monstres, drôles et diables,
gnomes, ogres, larrons,
lurons, ombres et mânes,
bandes, cliques, nuées,
hordes, ruches, espèces,
essaims, noces, cohues,
cohortes, peuples, gens,
collèges et sorbonnes,
docteurs et baladins,
doctes et bavardins,
badins, taquins, mutins
et lutins et mesquins,
turlupins, célestins,
séraphins, spadassins,
reîtres, sbires, archers,
sergents, tyrans et gardes,
pointes, piques, framées,
lances, lames et sabres,
trompettes et clairons,
buccins, fifres et flûtes,
harpes, bassons, bourdons,
orgues, lyres et vielles,
bardes, chantres, ténors,
strettes, sistres, tintouins,
hymnes, chansons, refrains,
rengaines, rêveries,
balivernes, fredons,

1. Var. : Squadra de mouch's au ciel.

billevesées, vétilles,
détails, bribes, pollens,
germes, graines et spermes,
miasmes, miettes, fétus,
bulles, cendres, poussières,
choses, causes, raisons,
dires, nombres et signes,
lemmes, nomes, idées,
centons, dictons et dogmes,
proverbes, phrases, mots,
thèmes, thèses et gloses,

FREDONS, BILLEVESÉES, SCHÈMES EN ZIZA-
NIE! SACHEZ, QUOI QU'IL EN SOIT DE MA PANSE
SECRÈTE ET BIEN QUE JE NE SOIS[1] QU'UN
ÉCHRIVEAU[2] CONFUS QU'ON EN PEUT DÉMÊLER
POUR L'HEURE CE QUI SUIT : À SAVOIR QU'IL
EN SORT QUE JE SUIS VOTRE PARQUE; SORT,
DIS-JE, ET IL S'ENSUIT QUE BIEN QUE JE NE
SOIS QUE PANSE DONC JE SUIS (SACHET,
COQUILLE EN SOIE QUE MA PANSE SÉCRÈTE)
VOTRE MAUVAISE ÉTOILE AU PLAFOND QUI
VOUS GUETTE POUR VOUS FAIRE EN SES RAIS
CONNAÎTRE VOTRE NUIT.

Beaucoup plus tard, — ma toile abandonnée — de
la rosée, des poussières l'empèseront, la feront briller
— la rendront de toute autre façon attirante...

Jusqu'à ce qu'elle coiffe enfin, de manière horrible
ou grotesque, quelque amateur curieux des buissons
ou des coins de grenier, qui pestera contre elle, mais
en restera coiffé.

1. Var. : Jeune soie.
2. Var. : Échrivain.

Et ce sera la fin...

Mais fi !

De ce répugnant triomphe, payé par la destruction de mon œuvre, ne subsistera dans ma mémoire orgueil ni affliction, car (fonction de mon corps seul et de son appétit) quant à moi mon pouvoir demeure !

Et dès longtemps, — pour l'éprouver ailleurs — j'aurai fui...

PREMIÈRE ÉBAUCHE D'UNE MAIN

Agitons donc ici LA MAIN, la main de l'Homme!

I

La main est l'un des animaux de l'homme : toujours à la portée du bras qui la rattrape sans cesse, sa chauve-souris de jour.

Reposée ci ou là, colombe ou tourtereau, souvent alors rejointe à sa compagne.

Puis, forte, agile, elle revolette alentour. Elle obombre son front, passe devant ses yeux.

Prestigieusement jouant les Euménides,

2

Ha! C'est aussi pour l'homme comme sa barque amarre.

Tirant comme elle sur sa longe; hochant le corps d'un

pied sur l'autre; inquiète et têtue comme un jeune cheval.

Lorsque le flot s'agite, faisant le signe *couci-couça*.

3

C'est une feuille mais terrible, prégnante et charnue.

C'est la plus sensitive des palmes *et* le crabe des cocotiers.

Voyez la droite ici courir sur cette page.

Voici la partie du corps la mieux articulée.

Il y a un bœuf dans l'homme, jusqu'aux bras. Puis, à partir des poignets — où les articulations se démultiplient — deux crabes.

4

L'homme a son pommeau électro-magnétique. Puis sa grange, comme une abbaye désaffectée. Puis ses moulins, son télégraphe optique.

De là parfois sortent des hirondelles.

L'homme a ses bielles, ses charrues. Et puis sa main pour les travaux d'approche.

Pelle et pince, crochet, pagaie.

Tenaille charnue, étau.

Quand l'une fait l'étau, l'autre fait la tenaille.

C'est aussi cette chienne à tout propos se couchant sur le dos pour nous montrer son ventre : paume offerte, la main tendue.

Servant à prendre ou à donner, la main à donner ou à prendre.

5

A la fois marionnette et cheval de labour.

Ah! C'est aussi l'hirondelle de ce cheval de labour. Elle picore dans l'assiette comme l'oiseau dans le crottin.

6

La main est l'un des animaux de l'homme; souvent le dernier qui remue.

Blessée parfois, traînant sur le papier comme un membre raidi quelque stylo bagué qui y laisse sa trace. A bout de forces, elle s'arrête.

Fronçant alors le drap ou froissant le papier, comme un oiseau qui meurt crispé dans la poussière, — et s'y relâche enfin.

LE LILAS

À Eugène de Kermadec.

Par les inflorescences que voilà, juge un peu de l'émotion de l'arbuste lors de son ébranchement annuel.

Il y a chimie du rose au bleu, effervescence et profusion violâtre dans les éprouvettes en papier-filtre du lilas.

Une goutte de la grappe en fusion parfois se détache, mais quelle fantaisie alors dans sa chute! C'est l'abeille, avec des conséquences brûlantes pour l'expérimentateur.

J'en demande pardon aux jeunes gens, qui le voient sans doute d'un autre œil : le printemps quant à moi, passé le quarantième, m'apparaît comme un phénomène congestif, d'aspect plutôt répugnant, comme un visage d'apoplectique, par ce côté (au moins) violacé, gémissant, musicien qu'il comporte.

Les manifestations végétales, florales, et ces trilles du rossignol qui s'y subrogent la nuit : je suis plutôt content d'être moins expansif! Ce déballage de boutons, de varices, d'hémorroïdes me dégoûte un peu.

Voyons-le à présent au lilas double et triple :

Par l'opiniâtreté d'une cohésion naturelle aux essaims d'inflorescences que voilà, juge un peu, vois, sens donc et lis là un peu de l'ébranlement, de la riche émotion que ressent et procure non seulement à son bourreau l'arbuste lors de son ébranchement annuel.

Il y a chimie du rose au bleu, efflorvescence et pro-confusion violâtre dans les éprouvettes en papier-filtre, les bouquets formés d'une quantité de tendres clous de girofle mauves ou bleus du lilas.

Filtre, dis-je... Si bien qu'une goutte de la grappe en fusion parfois se détache, comme du point d'exclamation le point : mais quelle fantaisie alors dans sa chute! C'est l'abeille, avec des conséquences brûlantes pour l'expérimentateur.

Vraiment, peut-on lui souhaiter dès lors autre chose que l'ef-fleurement?

Après quoi, nous pourrons ne l'employer plus que comme adjectif; ainsi :

« Lilas encore aux fleurs succède à profusion le ciel à travers les feuilles de l'arbuste de ce nom. »

Ce qui peut être la meilleure façon, j'imagine, de passer tout ce qui précède au bleu.

PLAT DE POISSONS FRITS

Goût, vue, ouïe, odorat... c'est instantané :

Lorsque le poisson de mer cuit à l'huile s'entr'ouvre, un jour de soleil sur la nappe, et que les grandes épées qu'il comporte sont prêtes à joncher le sol, que la peau se détache comme la pellicule impressionnable parfois de la plaque exagérément révélée (mais tout ici est beaucoup plus savoureux), ou (comment pourrions-nous dire encore?)... Non, c'est trop bon! Ça fait comme une boulette élastique, un caramel de peau de poisson bien grillée au fond de la poêle...

Goût, vue, ouïes, odaurades : cet instant safrané...

C'est alors, au moment qu'on s'apprête à déguster les filets encore vierges, oui! Sète alors que la haute fenêtre s'ouvre, que la voilure claque et que le pont du petit navire penche vertigineusement sur les flots,

Tandis qu'un petit phare de vin doré — qui se tient bien vertical sur la nappe — luit à notre portée.

LA CHEMINÉE D'USINE

Par ce beau stylo neuf s'érigeant immobile à partir d'un chaos de maints petits carnets, bouche bée en l'azur, bien avant que d'écrire, à d'obscures questions haute issue est donnée.

Proposons-la tout droit aux faubourgs de l'esprit, telle qu'un beau matin je m'y trouvai sensible.

Point d'interrogation là-dessus.

Nul ne sait si la notion de cheminée d'usine souhaite ou non pénétrer un peu profondément dans l'esprit ou le cœur de l'homme, car, à la différence de la flèche d'église par exemple, elle n'est pas faite pour cela.

Pourtant elle y parvient, voici de quelle façon.

Quel merveilleux attrait pour un quartier, me dis-je un jour, que de compter une à plusieurs de ces jeunes personnes!

(Il est de fait qu'à notre époque aucune n'est encore bien âgée.)

Les sommités gracieuses! S'il en fut.

Fut-il jamais constructions plus hautes montrant

moins de fatuité. Plus innocemment, plus tranquillement altières. Plus finement pénétrantes aussi.

Comme l'aiguille d'une piqûre bien faite, qui ne fait pas mal.

Comme ces jeunes filles, épées charmantes, blessantes au possible, dont on s'aperçoit qu'on en meurt quand elles ont profondément pénétré en vous.

J'ai été percé d'amour par l'une d'elles, haut baguée.

Ô, crayon terminé par une bague!

Quoi de plus ravissant que ces simples filles, longues et fines, mais bien rondes pourtant, au mollet de briques roses bien tourné, qui, très haut dans le ciel, murmurent du coin de la bouche, comme les figures de rébus, quelque nuage nacré.

Quel élégant souci de réserver au ciel les fumées d'un travail à ras de terre, voire d'un feu souterrain!

Oui, c'est très haut dans le ciel que tu lâches ton nuage, ton souci, ton effusion...

Tu tiens dans ton carquois, long étui à vertus, parallèles en toi, brillantes comme aiguilles, à la fois de la flûte et de la jolie jambe, de la plus haute et la plus mince tour, de la lunette astrologique et du stylo à plume rentrée, — terminé alors par un méat des plus touchants : comme la bouche muette des poissons, ou celle, plus minuscule encore, d'où s'échappe le sperme (lui aussi, simple flocon nacré).

Mais je m'en aperçois à ce que je viens de dire : au risque de terminer ce texte par une pointe (pourtant, c'est le contraire), manifestement, pour t'imiter mieux, je dois rentrer la plume de mon stylo...

Cette fable, entre autres choses, signifie que :

Tandis que les flèches par quoi se terminent encore
la plupart des belles constructions idéologiques ne
m'atteignent plus,
Pénètrent au contraire profondément dans mon
esprit et dans mon cœur,
Les postulations les plus simples, les plus naïves,
Qui ne sont pas faites pour cela.

Les forges de l'esprit fonctionnent nuit et jour.
N'importe quoi s'y fabrique.
Pour obscures qu'en soient les émanations,
Ou parfois vaporeuses,
Par un stylo bien droit
Leur cheminement est le même :
Volute après volute
A leur dissipation hautement éconduites,
Qu'enfin par le vent seul la question soit traitée!

L'ASSIETTE

Pour le consacrer ici, gardons-nous de nacrer trop cet objet de tous les jours. Nulle ellipse prosodique, si brillante qu'elle soit, pour assez platement dire l'humble interposition de porcelaine entre l'esprit pur et l'appétit.

Non sans quelque humour, hélas (la bête s y tenant mieux!), le nom de sa belle matière d'un coquillage fut pris. Nous, d'espèce vagabonde, n'y devons pas nous asseoir. On la nomma porcelaine, du latin — par analogie — *porcelana*, vulve de truie... Est-ce assez pour l'appétit?

Mais toute beauté qui, d'urgence, naît de l'instabilité des flots, prend assiette sur une conque... N'est-ce trop pour l'esprit pur?

L'assiette, quoi qu'il en soit, naquit ainsi de la mer : d'ailleurs multipliée aussitôt par ce jongleur bénévole remplaçant parfois en coulisse le morne vieillard qui nous lance à peine un soleil par jour.

C'est pourquoi tu la vois ici sous plusieurs espèces vibrant encore, comme ricochets s'immobilisant sur la nappe sacrée du linge.

Voilà tout ce qu'on peut dire d'un objet qui prête à vivre plus qu'il n'offre à réfléchir.

LA PAROLE ÉTOUFFÉE
SOUS LES ROSES

C'est trop déjà qu'une rose, comme plusieurs assiettes devant le même convive superposées.

C'est trop d'appeler une fille Rose, car c'est la vouloir toujours nue ou en robe de bal, quand, parfumée par plusieurs danses, radieuse, émue, humide elle rougit, perlante, les joues en feu sous les lustres de cristal; colorée comme une biscotte à jamais dorée par le four.

La feuille verte, la tige verte à reflets de caramel et les épines, — sacrédié! tout autrement que de caramel — de la rose, sont d'une grande importance pour le caractère de celle-ci.

Il est une façon de forcer les roses qui ressemble à ce qu'on fait quand, pour que ça aille plus vite, l'on met des ergots d'acier à des coqs de combat.

Oh l'infatuation des hélicoïdogabalesques pétulves! La roue du paon aussi est une fleur, vulve au calice... Prurit ou démangeaison : chatouiller fait éclore, bouffer, s'entrebâiller. Elles font bouffer leurs atours, leurs jupons, leurs culottes...

Une chair mélangée à ses robes, comme toute pétrie de satin : voilà la substance des fleurs. Chacune à la fois robe et cuisse (sein et corsage aussi bien) qu'on peut tenir entre deux doigts — enfin! et manier pour telle; approcher, éloigner de sa narine; quitter, oublier et reprendre; disposer, entr'ouvrir, regarder — et flétrir au besoin d'une seule ecchymose terrible, dont elle ne se relèvera plus : de valeur âcre et opérant une sorte de retour à la feuille — ce que l'amour, pour chaque jeune fille, met au moins quelques mois à accomplir...

Épanouies, enfin! Calmées, leurs crises de neurasthénie agressive!

Cet arbuste batailleur, dressé sur ses ergots et qui fait bouffer son plumage, y perdra rapidement quelques fleurs...

Une superposition nuancée de soucoupes.

Une levée de tendres boucliers autour du petit tas d'une poussière fine, plus précieuse que l'or.

Les roses sont enfin comme choses au four. Le feu d'en haut les aspire, aspire la chose qui se dirige alors vers lui (voyez les soufflés)... veut se coller à lui; mais elle ne peut aller plus loin qu'un certain endroit : alors elle entr'ouvre les lèvres et lui envoie ses parties gazeuses, qui s'enflamment... C'est ainsi que roussit et noircit puis fume et s'enflamme la chose au four : il se produit comme une éclosion au four, et la Parole n'est que...

Voilà aussi pourquoi il faut arroser les plantes, car ce sont les principes humides qui, soudoyés par le feu, entraînent à leur suite vers leur élévation tous les autres principes des végétaux.

Du même élan les fleurs alors débouchent — définitivement — leur flacon. Toutes les façons de se signaler leur sont bonnes. Douées d'une touchante infirmité (paralysie des membres inférieurs), elles agitent leurs mouchoirs (parfumés)...

Car pour elles, en vérité, pour chaque fleur, tout le reste du monde part incessamment en voyage.

LE CHEVAL

Plusieurs fois comme l'homme grand, cheval a narines ouvertes, ronds yeux sous mi-closes paupières, dressées oreilles et musculeux long cou.

La plus haute des bêtes domestiques de l'homme, et vraiment sa monture désignée.

L'homme, un peu perdu sur l'éléphant, est à son avantage sur le cheval, vraiment un trône à sa mesure.

Nous n'allons pas, j'espère, l'abandonner?

Il ne va pas devenir une curiosité de Zoo, ou de Tiergarten?

... Déjà, en ville, ce n'est plus qu'un misérable ersatz d'automobile, le plus misérable des moyens de traction.

Ah! c'est aussi - l'homme s'en doute-t-il ? - bien autre chose! C'est *l'impatience* faite naseaux.

Les armes du cheval sont la fuite, la morsure, la ruade.

Il semble qu'il ait beaucoup de flair, d'oreille et une vive sensibilité de l'œil.

L'un des plus beaux hommages qu'on soit obligé de lui rendre, est de devoir l'affubler d'œillères.

Mais nulle arme...

D'où la tentation de lui en ajouter une. Une seule. Une corne.

Apparaît alors la licorne.

Le cheval, grand nerveux, est aérophage.

Sensible au plus haut point, il serre les mâchoires, retient sa respiration, puis la relâche en faisant fortement vibrer les parois de ses fosses nasales.

Voilà aussi pourquoi le noble animal, qui ne se nourrit que d'air et que d'herbes, ne produit que des brioches de paille et des pets tonitruants et parfumés.

Des tonitruismes parfumés.

Que dis-je, qu'il se nourrit d'air? il s'en enivre. Le hume, le renifle, s'y ébroue.

Il s'y précipite, y secoue sa crinière, y fait voler ses ruades arrière.

Il voudrait évidemment s'y envoler.

La course des nuages l'inspire, l'irrite d'émulation.

Il l'imite : il s'échevelle, caracole...

Lorsque claque l'éclair du fouet, le galop des nuages se précipite et la pluie piétine le sol...

Aboule-toi du fond du parc, fougueuse hypersensible armoire, de loupe ronde bien encaustiquée!

Belle et grande console de style!

D'ébène ou d'acajou encaustiqué.

Caressez l'encolure de cette armoire, elle prend aussitôt l'air absent.

Le chiffon aux lèvres, le plumeau aux fesses, la clef dans la serrure des naseaux.

Sa peau frémit, supporte impatiemment les mouches, son sabot martèle le sol.

Il baisse la tête, tend le museau vers le sol et se repaît d'herbes.

Il faut un petit banc pour voir sur l'étagère du dessus.

Chatouilleux d'épiderme, disais-je... mais son impatience de caractère est si profonde, qu'à l'intérieur de son corps les pièces de son squelette se comportent comme les galets d'un torrent!

Vue par l'abside, la plus haute nef animale à l'écurie...

Grand saint! grand horse! beau de derrière à l'écurie...
Quel est ce splendide derrière de courtisane qui m'accueille? monté sur des jambes fines, de hauts talons?
Haute volaille aux œufs d'or, curieusement tondue.
Ah! c'est l'odeur de l'or qui me saute à la face!
Cuir et crottin mêlés.
L'omelette à la forte odeur, de la poule aux œufs d'or.
L'omelette à la paille, à la terre : au rhum de ton urine, jaillie par la fente sous ton crin...
Comme, sortant du four, sur le plateau du pâtissier, les brioches, les mille-pailles-au-rhum de l'écurie.
Grand saint, tes yeux de juive, sournois, sous le harnais...

Une sorte de saint, d'humble moine en oraison, dans la pénombre.

Que dis-je un moine?... Non! sur sa litière excrémentielle, un pontife! un pape — qui montrerait

131

d'abord, à tout venant, un splendide derrière de courtisane, en cœur épanoui, sur des jambes nerveuses élégamment terminées vers le bas par des sabots très hauts de talon.

POURQUOI CE CLIQUETIS DE GOURMETTES?
CES COUPS SOURDS DANS LA CLOISON?
QUE SE PASSE-T-IL DANS CE BOX?
PONTIFE EN ORAISON?
POTACHE EN RETENUE?
GRAND SAINT! GRAND HORSE (HORSE OU HÉROS?), BEAU DE DERRIÈRE À L'ÉCURIE, POURQUOI, SAINT MOINE, T'ES-TU CULOTTÉ DE CUIR?
— DÉRANGÉ DANS SA MESSE, IL TOURNA VERS NOUS DES YEUX DE JUIVE...

Le soleil
placé en abîme

Nous avons toujours pu penser du Soleil avoir quelque chose à dire, et certes ne pouvoir l'écrire sans inventer quelque genre nouveau, comme nous ne pouvions non plus imaginer *a priori* ce nouveau genre, dont il eût fallu qu'il se formât au cours de notre travail, nous avons usé à cet égard de beaucoup de ténacité et de patience, et mis autant que possible le Temps dans notre complot.

Plusieurs circonstances pourtant à ce jeu devaient se produire, qui nous déterminent à montrer notre étude dans l'état où elle paraît aujourd'hui. Chacune, cela va sans dire, touche d'assez près au Soleil. La première, en effet, tient à notre âge, et à l'âge de cette étude dans nos dossiers. Nous (ce *nous*, l'a-t-on compris, prononcé sans emphase, figure simplement la collection des phases et positions successives du *je*) pouvons bien juger maintenant qu'IL SUFFIT.

La seconde, de la même horloge, n'est qu'un rouage un peu plus petit : une promesse que nous avions faite. De l'avoir trop longtemps différée, nous a fait concevoir une honte capable — en voici la preuve — de balancer de façon décisive celle de donner un texte trop inadéquat à son objet.

La troisième enfin, moins claire qu'éblouissante, et donc de plus près encore que les précédentes tenant à la nature du Soleil, nous voici terminant nos excuses au cœur même de notre objet.

Qu'est-ce que le Soleil? Celui-ci, qui domine toutes choses et ne saurait donc être dominé, n'est pourtant que la millionième roue du carrosse qui attend devant notre porte chaque nuit.

Peut-être le lecteur commence-t-il ici à entendre, dans le roulement et aux lueurs de cette ébène, quelle sera la logique de ce texte, sa tournure particulière et son ton. Nous devons pourtant lui en communiquer le vertige encore de plusieurs façons.

Chacun, par exemple, sait de la Terre, et de nous par conséquent là-dessus, qu'elle tourne autour du Soleil selon une orbite elliptique dont il n'occupe qu'*un* des foyers. Se sera-t-on demandé *qui* occupe l'autre, l'on ne sera plus très éloigné de nous comprendre.

Rappelons d'ailleurs, car cela peut éclairer quelques passages, que les meilleures mesures, quant au Soleil, sont données à nos astronomes par la petite planète Éros, qui s'approche parfois au plus près de la Terre, jusqu'à seize millions de kilomètres environ.

Si nous ajoutons à ce propos la prière qu'on veuille bien mettre au compte du Soleil, de son éclat excessif et du délire qu'il provoque, nos divagations, nos exaltations et nos chutes — enfin chacune de nos fantastiques ou ridicules erreurs — c'est qu'un faste véritable, de grandes et magnifiques dépenses, ne vont pas en effet sans quelques excès ou bizarreries. Ce que nous devions pourtant essayer de conserver, c'est, entre le glorieux et le bizarre, une certaine proportion, devant rappeler celle des protubérances ou des taches visibles à la périphérie de l'astre, par rapport à la sphéricité grandiose et permanente de celui-ci, qui finalement l'emporte de loin sur tout autre caractère.

Nous glorifierons-nous donc maintenant de la principale imperfection de ce texte — ou plutôt de sa paradoxale et rédhibitoire perfection? Elle vient à la fois de cette énorme quantité (ou *profusion*) de matières (dont aucune, d'ailleurs, qui n'ait son échantillon ici-bas), de leur densité inégale et de leur état de fusion (ou à proprement parler *confusion*) — et surtout, de cette multiplicité de points de vue (ou, si l'on veut, angles de visions), parmi lesquels aucun esprit honnête de notre époque ne saurait en définitive choisir.

Il est pourtant un de ces points de vue dans la perspective duquel nous avons entrepris, sinon conduit à leur fin certains passages, qui constitue vraiment notre propre, et où gît peut-être sinon le modèle du moins la méthode du nouveau genre dont nous parlions.

Qu'on le nomme *nominaliste* ou *cultiste* ou de tout autre nom, peu importe : pour nous, nous l'avons baptisé l'*Objeu*. C'est celui où l'objet de notre émotion placé d'abord en abîme, l'épaisseur vertigineuse et l'absurdité du langage, considérées seules, sont manipulées de telle façon que, par la multiplication intérieure des rapports, les liaisons formées au niveau des racines et les significations bouclées à double tour, soit créé ce fonctionnement qui seul peut rendre compte de la profondeur substantielle, de la variété et de la rigoureuse harmonie du monde.

Que nous n'ayons pu continuellement nous y tenir prouve seulement qu'il est trop tôt sans doute encore pour l'Objeu si déjà, comme nous avons eu l'honneur de le dire, sans doute il est trop tard pour nous.

Le lecteur dont nous ne doutons pas, formé sur nos valeurs et qui nous lira dans cent ans peut-être, l'aura compris aussitôt.

LE SOLEIL TOUPIE À FOUETTER (1)

Que le soleil brille d'abord en haut et à gauche de la première page de ce livre, cela est normal.

Brillant soleil! D'abord exclamation de joie, il y répond l'acclamation du monde (même à travers les larmes, car c'est grâce à lui qu'elles brillent).

Il y a tout lieu de croire (drôle d'expression) que nous sommes à l'intérieur du soleil; ou du moins à l'intérieur du système de son pouvoir et de son amour.

Le jour est la pulpe d'un fruit dont le soleil serait le noyau. Et nous, noyés dans cette pulpe comme ses imperfections, ses taches, ses *crapauds*, nous sommes asymétriques par rapport à son centre. Son rayonnement nous enrobe et nous franchit, va jouer beaucoup plus loin que nous.

La nuit c'est le spectacle, la considération; mais le jour la prison, les travaux forcés de l'azur.

Cet astre est l'orgueil même. Le seul cas d'orgueil justifié.

Satisfaction de quoi? Satisfaction de soi, domination de tout.

Tout créé, il l'éclaire, le réchauffe, le récrée.

« Le soleil dissipe la nue, récrée et puis pénètre enfin le cavalier. Encor n'usa-t-il point de toute sa puissance... » (La Fontaine, *Phœbus et Borée*.)

Brusquement, ces coups de lumière et de chaleur à la fois, toutes voiles blanchies dehors.

Mais le courant froid dans un bain toujours à la longue l'emporte.

Le soleil anime un monde qu'il a d'abord voué à la mort : ce n'est donc que l'animation de la fièvre ou de l'agonie.

Dans les derniers temps de son pouvoir, il crée des êtres capables de le contempler; puis ils meurent tout à fait, sans cesser pour autant leur service de spectateurs (ou de gens d'escorte).

Le soleil, animant, allumant ce qui le contemple, joue avec lui un jeu psycho-compliqué, fait avec lui le coquet.

Sa pomme d'arrosoir nous inonde parfois, et parfois seulement le toit ou la verrière.

Du grand baril des cieux, c'est la bonde radieuse, souvent enveloppée d'un torchon de ternes nuées, mais toujours humide, tant la pression du liquide intérieur est forte, tant sa nature est imprégnante.

Que la bonde cède, et que le flot (pur et dangereux)

jaillisse, c'est alors ce qu'a vu Gœthe à l'heure de mourir, comme il nous l'a décrit : « Plus de lumière. » Oui, voilà peut-être *mourir*.

Oursin éblouissant. Peloton. Roue dentée. Coup de poing. Casse-tête. Massue.

Le *d'abord* et l'*enfin* sont ici confondus.
Tambour et batterie.
Chaque objet a lieu entre deux bans.

LE SOLEIL LU À LA RADIO

I

Puisque tel est le pouvoir du langage,
Battrons-nous donc soleil comme princes monnaie,
Pour en timbrer le haut de cette page?
L'y ferons-nous monter comme il monte au zénith?

OUI

Pour qu'ainsi réponde, au milieu de la page,
L'acclamation du monde à son exclamation!

2

« Brillant soleil adoré du Sauvage... »
Ainsi débute un chœur de l'illustre Rameau.
Ainsi, battons soleil comme l'on bat tambour!
Battons soleil aux champs! Battons la générale!

OUI

Battons d'un seul cœur pavillon du soleil!

3

Pourtant, tel est le pouvoir du langage,
Que l'Ombre aussi est en notre pouvoir.
  Déjà, prenons-y garde,
Le soleil la comporte et ce *oui* la contient :
OUI, je viens dans son temple adorer l'Éternel.
OUI, c'est Agamemnon, c'est ton roi qui t'éveille!
Par la même exclamation monosyllabique
  Débute la Tragédie.
OUI, l'Ombre ici déjà est en pouvoir.

4

Nous ne continuerons donc pas sur ce ton.
La révolte, comme l'acclamation, est facile.
Mais voici peut-être le point.
Qu'est-ce que le soleil comme objet? — C'est le plus
brillant des objets du monde.
  OUI, brillant à tel point! Nous venons de le voir.
  Il y faut tout l'orchestre : les tambours, les clairons,
les fifres, les tubas. Et les tambourins, et la batterie.
  Tout cela pour dire quoi? — Un seul monosyllabe.
Une seule onomatopée monosyllabique.
  Le soleil ne peut être remplacé par aucune formule
logique, CAR le soleil n'est pas un objet.
  LE PLUS BRILLANT des objets du monde n'est
— de ce fait — NON — *n'est pas* un objet; c'est un
trou, c'est l'abîme métaphysique : la condition formelle
et indispensable de tout au monde. La condition de
tous les autres objets. La condition même du regard.

Et voici ce qui en lui est atroce. Vraiment, du dernier mauvais goût! Vraiment, qui nous laisse loin de compte, et nous empêche de l'adorer :

Cette condition *sine qua non* de tout ce qui est au monde s'y montre, s'y impose, y apparaît.

Elle a le front de s'y montrer!

Qui plus est, elle s'y montre de telle façon qu'elle interdit qu'on la regarde, qu'elle repousse le regard, vous le renfonce à l'intérieur du corps!

Vraiment, quel tyran!

Non seulement, il nous oblige *à être*, je vais dire dans quelles conditions — mais il nous force à le contempler — et cependant nous en empêche, nous interdit de le fixer.

OUI et NON!

C'est un tyran et un artiste, un artificier, un acteur! Néron! Ahenobarbus!

Voici en quelques mots ce qui s'est passé.

Le Soleil, qui n'est pas la Vie, qui est peut-être la Mort (comme Gœthe l'a décrite : « plus de lumière »), qui est sans doute en deçà de la Vie et de la Mort, — a expulsé de Lui certaines de ses parties, les a exilées, envoyées à une certaine distance pour s'en faire contempler.

Envoyées, dis-je, à une certaine distance. Distance fort bien calculée. Suffisante pour qu'elles refroidissent, suffisante pour que ces exilées aient assez de recul pour le contempler. Insuffisante pour qu'elles échappent à son attraction et ne doivent continuer autour de lui leur ronde, leur service de spectateurs.

Ainsi elles refroidissent, car il les a vouées à la mort, mais d'abord — et c'est bien pire — à cette maladie, à cette tiédeur que l'on nomme la vie. Et, par exemple, quant à l'homme, à ses trente-sept degrés centigrades. Ah! Songez combien plus proche de la mort est la vie, cette tiédeur, que du soleil et de ses milliards de degrés centigrades!

J'en dirais autant des formes et des couleurs, qui expriment la damnation particulière de chaque être, de chaque spectateur exilé du soleil. Sa damnation, c'est-à-dire sa façon particulière d'adorer et de mourir.

7

Ainsi les corps et la vie même ne sont qu'une dégradation de l'énergie solaire, vouée à la contemplation et au regret de celle-ci, et — presque aussitôt — à la mort.

Ainsi le soleil est un fléau. Voyez : comme les fléaux, il fait éclater les épis, les cosses. Mais c'est un fléau sadique, un fléau médecin. Un fléau qui fait se reproduire et qui entretient ses victimes; qui les *recrée* et s'en fait désirer.

Car — cet objet éblouissant — un nuage, un écran, le moindre volet, la moindre paupière qu'il forme suffit à le cacher, et donc à le faire désirer. Et il ne manque pas d'en former. Et ainsi la moitié de la vie se passe-t-elle dans l'ombre, à souhaiter la chaleur et la lumière, c'est-à-dire les travaux forcés dans la prison de l'azur.

Pourtant, voici que cette fable comporte une moralité.

Car, plongés dans l'ombre et dans la nuit par les caprices du soleil et sa coquetterie sadique, les objets éloignés de lui au service de le contempler, tout à coup voient le ciel étoilé.

Il a dû les éloigner de lui pour qu'ils le contemplent (et se cacher à eux pour qu'ils le désirent), mais voici qu'ils aperçoivent alors ces myriades d'étoiles, les myriades d'*autres* soleils.

Et il n'a pas fallu longtemps pour qu'ils les comptent. Et ne comptent leur propre soleil *parmi* l'infinité des astres, non comme le plus important. Le plus proche et le plus tyrannique, certes.

Mais enfin, l'un seulement des soleils.

Et je ne dis pas qu'une telle considération les rassure, mais elle les . venge...

Ainsi, plongé dans le désordre absurde et de mauvais goût du monde, dans le chaos inouï des nuits, l'homme du moins compte les soleils.

Mais enfin, son dédain s'affirme et il cesse même de les compter.

(Écrit le XXII juin de ma cinquante et unième année: jour du solstice d'été.)

... Cependant le soleil se fait longuement regretter; nuit et nuées; s'éloigne de la terre, conçue vers le solstice d'hiver.

Puis il remonte.

C'est alors qu'il faut continuer par l'expression de la remontée du soleil, malgré nous. Et, bien sûr, cela ne peut finir que par un nouveau désespoir, accru (« Encore un jour qui luit! »).

Il ne reste donc qu'*une* solution.

Recommencer volontairement l'hymne. Prendre décidément le soleil en bonne part. C'est aussi là le pouvoir du langage. Nous en féliciter, réjouir. L'en féliciter. L'honorer, le chanter, tâchant seulement de *renouveler* les thèmes (et variations) de ce los. Le nuancer, en plein ravissement.

Certes nous savons à quoi nous en tenir, mais *à tout prix* la santé, la réjouissance et la joie.

Il faut donc métalogiquement le « refaire », le posséder.

En plein ravissement.

« Remonte donc, puisque enfin tu remontes. Tu me recrées. Ah! j'ai médit de toi! Etc..., etc. »

Changer le mal en bien. Les travaux forcés en Paradis.

Puis finir dans l'ambiguïté hautement dédaigneuse, ironique et tonique à la fois; le fonctionnement verbal, sans aucun coefficient laudatif ni péjoratif : l'objeu.

Le Soleil, la main ouverte : aïeul prodigue, magnificent. Semeur.

Semeur? Je dirais plutôt autre chose...

L'imposition de ses mains fait tout se bander : cintre (rend convexes) les surfaces, fait éclater les cosses, s'ériger les tiges des plantes, gonfler les fruits.

Sa seule apparition, sa seule vue hâle, fait rougir ou blêmir, défaillir, se pâmer.

Sous sa chaude caresse, ce vieillard prodigue abuse de ses descendants, précipite le cours de leur vie, exalte puis délabre physiquement leur corps.

Et d'abord les pénètre, les déshabille, les incite à se dénuder, puis les fait gonfler, bander, éclater; jouir, germer; faner, défaillir et mourir.

Les objets, dès son apparition, se portent réciproquement ombrage. Portent leur ombre les uns sur les autres.

Chacun est enorgueilli, réconforté, exalté : il ne sent plus sa face froide.

C'est alors qu'il fait son devoir : bande et jouit.

Mais il arrive alors à chacun de s'apercevoir qu'il porte ombre — et sa délicatesse aussitôt s'en inquiète. Il s'aperçoit qu'il enténèbre certaines choses derrière lui, qu'il les gêne. Il voudrait éviter cela, mais ne peut. Son existence en condamne d'autres, dès l'instant que la joie paraît au monde et qu'il participe à cette joie.

Dans la joie, hiérarchie.

Chaque chose porte écusson parti d'argent et de sable.

Dans la tristesse, dans le morne (temps gris, nuageux, sans soleil), la vie comporte plus d'égalité.

L'ombre a toujours une forme, celle du corps qui la porte.

Elle est le lieu de la tristesse infligée par la joie frappant un corps.

Elle est la prison (mouvante), le lieu géométrique de la punition (involontaire) d'une région de l'espace par une autre en joie (ou en gloire).

Enfin, elle est d'autant plus sombre que la joie est plus forte (éblouissante).

Mais cette punition est éphémère, ou du moins changeante, capricieuse. « Chacun son tour », pourrait-on dire. Et voilà qui peut la rendre supportable.

En somme, dans le même instant que le soleil frappe de joie une chose, il l'oblige à assumer sa responsabilité, et chaque chose alors condamne — et exécute le jugement, la punition.

Le soleil, qui la gifle de joie, affuble du même coup chaque chose de sa noire robe de juge.

Les succès du soleil sont constants. Ils ne se comptent plus. Ce n'est certes pas la pitié (ni la sympathie) à son égard qui m'incite à parler de lui ou à lui donner la parole.

Il est l'étoile incontestée de notre monde.

La vedette. L'attraction.

Sa gloire ne subit pratiquement aucune éclipse.

Son affirmation est impitoyable, impitoyablement identique à elle-même : elle se renouvelle chaque jour.

Nul ne saurait lui échapper une seule minute. Nous sommes entre ses mains.

Père voyeur et proxénète... Accoucheur, médecin et tueur. Violeur de ses enfants.

Une seule chose à son égard m'attriste, me le rend touchant : son manque de formes, cet orgueil qui le rend sphérique et échevelé (sphère échevelée) : d'où sa coquetterie absurde.

C'est cet orgueil insensé (lequel se déchaîne en flammes, rugissements, explosions) qui sans doute nous a valu notre expulsion et notre maladie : notre vie.

Je te plains, soleil, de ta manie glorieuse comme je plains ces vedettes rousses (décolorées), inhumaines : rageuses et stupides à la fois.

Tu es la seule personne (ou chose) au monde qui ne puisse jamais avoir (ou prendre) la parole. Il n'est pas question de te l'offrir.

L'obscurité froide (et acide) est la seule chose qui puisse me faire prendre le soleil en bonne part.

Le gel progressif dans l'obscurité d'une cave, la vie dans un air sevré de soleil, dans le noir acide, dans le noir amer, n'est-ce pas l'un des pires maux? Voilà ce qui me fait prendre en bonne part le soleil.

Contre l'ombre froide et acide, la lumière sucrée et chaude.

Contre une tranche froide et acide, une tartine de miel blond et sucré.

Contre ces longues (de plus en plus longues) feuilles d'oseille ou de rhubarbe des ombres s'allongeant très vite comme des légumes au ras du sol, une tartine de soleil de plus en plus doré et sucré sur le trottoir.

Le soleil (fixe, toujours à une place sûre — très éloignée, d'ailleurs —, toujours identique à lui-même et ne sortant de ses bornes qu'un peu) paraît, *est* évidemment moins terrible, moins sauvage, moins féroce que les flammes.

Côté minéral (fixe, lointain et immobile) du soleil. Côté animal, donc mouvant et dévorant (beaucoup plus proche) des flammes (qui ont des hauts et des bas imprévus).

La tête de lion immobile du soleil s'oppose à (mais pourtant il provoque) la troupe galopante de girafes, le troupeau peureux et féroce des flammes.

Le soleil apathique et fascinateur, fixe et dur, s'oppose à la gueule saignante et dévorante des flammes.

Une mâchoire épouse toujours quelque chose : sa proie.

L'œil fixe du soleil s'oppose à la mâchoire active et sanglante des flammes.

La billè, l'œil enchâssé au front du ciel...

Le dé du soleil s'oppose aux ciseaux des flammes.

Le dé du soleil pousse en tous sens mille aiguilles perçantes et blessantes, qui font saigner.

L'œuf du soleil donne naissance à la volière des flammes. Et, réciproquement, les coqs des flammes, à leur moment hypnotique et de plus grande intensité, donnent naissance à l'œuf du soleil.

Que dis-je? lui donner la parole? La parole n'est qu'une façon (la forme, la couleur en sont d'autres) d'avouer quelque faiblesse; de remplacer quelque vertu, pouvoir, perfection; quelque organe absent; d'exprimer sa damnation, de la compenser. Avez-vous quelque chose à dire (sous-entendu : pour votre excuse, pour votre défense?). Je ne sais *qui* nous pose tacitement cette question, quelques secondes chaque fois avant que nous parlions. Mais LUI qu'aurait-il donc à dire? Quelle faiblesse, quel manque à avouer ou compenser? Non, il n'a rien à dire!

Le monde est une horlogerie dont le soleil est à la fois le moteur (le ressort) et le principal rouage (la grande roue). Il ne nous apparaît que comme la plus petite. Mais si éblouissante!

Il force l'eau à un cyclisme perpétuel.

Si légère, en comparaison, l'attraction de la lune! marées, menstrues...

Ce rouage est trop splendide pour que les autres rouages puissent le regarder.

Approchez-vous d'une étoile et vous voilà au soleil. Ne vous en approchez donc que si vous avez l'âme (et le corps) assez humide, que si vous disposez d'une certaine provision de larmes, si vous pouvez supporter une certaine déshydratation (momentanée) : cela vous sera revalu. En pluie apaisante.

Dépressions et tempêtes : tout un théâtre de sentiments. Enfin vient l'ondée apaisante : c'est le répit, ce sont les vacances du bourreau.

La vie commune avec une étoile... Nous nous réveillons chaque matin avec la même étoile dans notre lit. L'été, elle va et vient dans la maison avant notre réveil. Telle est notre aventure, assez fastidieuse.

LE SOLEIL FLEUR FASTIGIÉE

TOUS LES JOURS AU FAÎTE DU MONDE
MONTE UNE FLEUR FASTIGIÉE.
SA SPLENDEUR EFFACE SA TIGE
QUI GRIMPE ENTRE LES DEUX YEUX
DE LA TROP ÉTROITE NATURE
POUR EN DISJOINDRE LE FRONT.
SA RACINE EST EN NOS CŒURS.

La racine de ce qui nous éblouit est dans nos cœurs.

LE SOLEIL TOUPIE À FOUETTER (III)

Soleil! Moyeu, roue et cascade; girande et noria.

Pourquoi le français, pour désigner l'astre du jour, a-t-il choisi la forme verbale dérivée du diminutif *soliculus?*

(Littré note que ce diminutif est étranger aux autres langues. Le latin dit *sol*, l'italien *sole*, l'espagnol *sol*, le scandinave *sol*, l'allemand *sonne*, l'anglais *sun*: toutes formes verbales dérivées du sanscrit *surya*, védique *sura*, d'un radical védique *svar* qui signifie lumière, soleil, ciel. Mais le français...)

Serait-ce par goût précieux du petit, du menu, du bijou?

Non. Plutôt, parce que c'est par une déflation, parfois, au cours d'une opération en repli, que les proportions se trouvent et que tout se met à fonctionner.

Puis, n'est-ce pas souvent, dans une machine, dans un mouvement d'horlogerie, la roue la plus petite qui est aussi la plus importante, celle qui entraîne tout?

Enfin le soleil, dans l'horlogerie universelle, n'est-il pas, véritablement, une étoile petite, quoique la plus éblouissante et tyrannique de notre point de vue;

une étoile jaune et peu lumineuse, d'environ la cinquième grandeur et dont on sait que, placée à la distance des étoiles les plus rapprochées, elle serait à la limite de la visibilité à l'œil nu?

Le diminutif *soleil*, dès longtemps choisi par ceux de notre race, rend merveilleusement compte de tout cela.

Nous l'abhorrons comme le dieu unique.

Un sentiment authentique de notre part et tout simple : non, nous ne pouvons aimer ce qui resplendit trop, ce que l'orgueil de son pouvoir rend informe et tourbillonnant, éblouissant. Nous n'aimons pas trop l'or. J'accepte ses faveurs, à vrai dire les souhaite, mais aussi bien je m'en cache la tête, ne lui donne que certaines parties de mon corps à dorer.

Le soleil est l'objet dont l'apparition ou la disparition produit, dans l'appareil du monde comme sur chacun des (autres) objets qui le composent, le plus d'effet et de sensation.

La nuit, c'est le trésor de l'aigle et de la pie.

Tandis que jacasse Jocaste, Cassandre laisse brûler son sucre et Locuste y verse goutte à goutte le souci aigu du poison.

Telles sont les femelles d'Horus, l'épervier d'Égypte, qui s'absente à tire-d'aile du ciel, envahi aussitôt par mille étoiles.

Les chariots effrénés renversent leurs chevaux, les quatre fers en l'air.

Sous la pression des lèvres du jeune Hercule le sein de Junon crache la Voie lactée.

Ainsi va le monde, comme une horloge d'oursins.

C'est une artillerie qui, brusquement charmée, a tourné à l'horlogerie.

Une artillerie dont les boulets sont devenus rouages, sphères d'une suspension à la Cardan.

Cependant, moins dévastateur qu'il ne semblait d'abord, le jour s'avance, à la fois irrésistible et bénin, fatal et bénin comme un troupeau de moutons.

Lion, berger d'un troupeau de moutons.

Ce globe qui tournoie, aveuglé par l'orgueil et l'enthousiasme égocentrique, peut-être est-ce l'horreur qu'il inspire (qu'il inspire aussi bien à lui-même) qui contribue à sa giration? Peut-être ses rayons ne partent-ils pas de son centre. Peut-être la lumière n'est-elle que ce qui fuit de ses bords; ce qui, de ce globe tournoyant, prend la tangente.

Et *comment* de telles décisions, selon quelle loi mécanique, peuvent-elles contribuer à entretenir sa giration? C'est qu'elles sont prises avec brusquerie et violence; il s'agit d'explosions de dégoût. C'est ce qu'on appelle la *répulsion*, l'une des forces les plus communément employées en pyrobalistique.

Nous en revenons ainsi à l'idée d'une artillerie cosmique. Fort sensible la nuit, où, si nous ne l'entendons guère, nous apercevons ses boulets, ses balles traçantes.

Mais *comment* le comportement marcassin ou oursin, comment la colère tourne-t-elle brusquement à l'harmonie, et l'artillerie à l'horlogerie? Comment l'excès même et l'extrémité du désir et de la violence font-ils brusquement place à l'harmonieux fonctionnement et au silence, ou plutôt au murmure, au ronronnement du plein-jeu?

Voilà le mystère! dont nous ne retiendrons que la leçon.

Le feu n'est que la singerie ici-bas du soleil. Sa représentation, *accrue* en intensité et en grimaces, *réduite* quant à l'espace et au temps.

Le feu, comme le singe, est un virtuose. Il s'accroche et gesticule dans les branches. Mais le spectacle en est rapide. Et l'acteur ne survit pas longtemps à son théâtre, qui s'écroule brusquement en cendres un instant seulement avant le dernier geste, le dernier cri.

Pourquoi le soleil n'est-il pas un objet? Parce que c'est lui-même qui suscite et tue, ressuscite indéfiniment et retue les sujets qui le regardent comme objet.

Ainsi le soleil, plutôt que *Le Prince*, pourrait-il être dit *La Pétition-de-Principe*. Il pousse le jour devant lui, et ce n'est que le parterre (ou le prétoire) garni à sa dévotion, qu'il entre en scène. Sous un dais, nimbé d'un trémolo de folie. Ses tambourinaires l'entourent, les bras levés au-dessus de leurs têtes. Et sa sentence est toujours la même : « Quia leo », dit-il.

Nous n'aurons jamais d'autre explication.

SCELLÉS PAR LE SOLEIL...

Scellés par le soleil sont mis sur la nature. Personne désormais n'en peut plus sortir ni y entrer. Décision de justice est attendue. Les choses actuellement en sont là.

Voilà aussi pourquoi nous ne pouvons l'adorer. Et, peut-être donc, au lieu de nous plaindre, devons-nous le remercier de s'être rendu visible.

Le soleil en quelque façon titre la nature. Voici
de quelle façon.

Il l'approche nuitamment par en dessous. Puis
il paraît à l'horizon du texte, s'incorporant un instant
à sa première ligne, dont il se détache d'ailleurs aussitôt.
Et il y a là un moment sanglant.

S'élevant peu à peu, il gagne alors au zénith la situa-
tion exacte de titre, et tout alors est juste, tout se
réfère à lui selon des rayons égaux en intensité et en
longueur.

Mais dès lors il décline peu à peu, vers l'angle inférieur
droit de la page, et quand il franchit la dernière ligne,
pour replonger dans l'obscurité et le silence, il y a là
un nouveau moment sanglant.

Rapidement alors l'ombre gagne le texte, qui cesse
bientôt d'être lisible.

C'est alors que le *tollé* nocturne retentit.

LA NUIT BAROQUE

I

La Terre chaque soir à son Porte-Manteau Oriental décroche cette sorte de Chapelle-Haute-de-Forme-à-Huit-Reflets que le coup de poing tout à coup de je ne sais quelle Résolution-Supérieure lui enfonce irrésistiblement jusqu'aux yeux.

2

Lorsque l'incessant tollé nocturne (durant tout le jour en sourdine) recommence à se laisser percevoir, les souliers volent, les oiseaux glissent sur le parquet ciré du salon sans murs de l'Idole Noire exposée au fond avec tous ses bijoux.

Sonnez, coups fatals!

(Déménagement de glaces noires, changement de décors clandestin.)

Et rapidement, par un doigt mis sur le tambour, se dissipe la buée sonore.

Sur un velours sans forme, diamants sans monture,
brillez!

Roule, mappemonde noire d'où tombe une suie
suffocante et parfumée.

Dégoutte dans la grotte, lucidité sans formes, scintillations à tous les vents!

3

LA STAR.   (Visage d'une étoile vu en gros plan.)
Entourée d'une corolle inégale de pétales pointus
qui séparent la tête du corps du cou,

depuis la clé de voûte du front en pierre d'amidon
lisse et nue

encapuchonnée par derrière

jusqu'aux premiers rapports de la nuque avec le
fauteuil-pliant du dos

par une châtaigneraie d'ondulations noires,

parlerai-je d'abord des deux haricots bleutés, d'un
ovale mesuré, dont le regard mi-songeur mi-
éveillé repose à mi-hauteur de l'armoire à linge des
cieux et parfois se rabaisse sur les bat-flanc de terre à
droite,

des joues ni rondes ni émaciées,

ou de ce teint de flamme-de-bougie, de nénuphar-
veilleur, d'ampoule-dépolie,

dont se peut-il que la commutation

ne me soit pas de moins en moins mystérieuse?

Tous les soirs à ma porte un carrosse ecclésiastique m'attend, gros scarabée en bois de piano, orné de scintillations bleues.

Je sors à la hauteur de la pointe des piques. Mon escorte dégaine avec son cliquetis. Je descends dans leur mince et touffue forêt, la traverse, monte en carrosse en courbant le dos, et me retrouve assis au fond, comme sous le demi-cercle d'un piège à haute tension, aux fortes commissures.

Écumeux, noble, sous la lumière des projecteurs, l'un des chevaux, égal au Colosse de Rhodes, se cabre au-dessus des flots, où piaffe un second, déjà immergé jusqu'au col, tandis que le troisième, selon des bords sinueux et bassement flattés, affolé, galope.

A leurs fronts blanchoient trois bandeaux, trois mouchoirs d'humide batiste.

C'est alors que du fond de la carrosserie, immobile mais tiraillé en tous sens, glacé, cérémonieux, la poitrine sanglée par la stupeur, cloué sur le capiton par la sauvagerie des étoiles, assourdi par le formidable tollé nocturne, j'assiste à la révolution d'une énorme mappemonde à torréfier le café, les yeux fixés sur le plafond d'où tombe une suie suffocante et parfumée.

La Terre cependant, comme une table jamais desservie, tourne sans cesse selon un mouvement de bascule, quoique toujours orientalement.

Lorsque le jour s'ameute aux bords neutres du Levant, la truie noire s'enfuit avec ses marcassins.

LE SOLEIL SE LEVANT SUR LA LITTÉRATURE

QUE LE SOLEIL À L'HORIZON DU TEXTE SE
MONTRE ENFIN COMME ON LE VOIT ICI POUR LA
PREMIÈRE FOIS EN LITTÉRATURE SOUS LES
ESPÈCES DE SON NOM INCORPORÉ DANS LA
PREMIÈRE LIGNE DE FAÇON QU'IL SEMBLE
S'ÉLEVER PEU À PEU QUOIQUE À L'INTÉRIEUR
TOUJOURS DE LA JUSTIFICATION POUR PARAÎTRE
BRILLER BIENTÔT EN HAUT ET À GAUCHE DE LA
PAGE DONT IL FAIT L'OBJET, VOILÀ QUI EST
NORMAL ÉTANT DONNÉ LE MODE D'ÉCRITURE
ADOPTÉ DANS NOS RÉGIONS COMME AUSSI DU
POINT DE VUE OÙ PUISQU'IL M'EN CROIT SE
SUBROGEANT CONTINUELLEMENT À MOI-MÊME
SE TROUVE ACTUELLEMENT SITUÉ LE LECTEUR.

En effet, lorsque je commence à écrire, devant
une fenêtre regardant au midi, c'est que le soleil ayant
franchi les monts senestres de la nuit et traversé la
couche informe des vapeurs oniriques qui les surplombent, se trouve assez haut déjà dans le ciel pour que
sa lumière ait acquis une certaine force.

Il frappe alors, comme une cible, ma tempe gauche

et commande ainsi, la structure de l'homme étant en hélice, les articulations de ma main droite, laquelle trace les présents signes noirs qui ne sont donc peut-être — n'est-ce pas bien ainsi? — que la formulation plus ou moins précise de mon ombre-portée intellectuelle. Que dis-je? seulement l'ombre — et n'est-ce pas mieux encore? — de mon bec-de-plume lui-même.

Oui, c'est ainsi qu'Horus s'élève dans le ciel, comme l'épervier victorieux aussitôt de toutes les autres étoiles.

Pourtant sa force en peu d'instants croît encore, éblouissant ma raison, qui ne peut plus le définir dès lors que comme cette source intense de lumières et d'idées qui fonctionne le matin dans le lobe antérieur gauche de ma tête.

Et maintenant, c'est le délire, autour de midi.

Ô Soleil, monstrueuse amie, putain rousse! Tenant ta tête horripilante dans mon bras gauche, c'est allongé contre toi, tout au long de la longue cuisse de cet après-midi, que dans les convulsions du crépuscule, parmi les draps sens dessus-dessous de la réciprocité trouvant enfin dès longtemps ouvertes les portes humides de ton centre, j'y enfoncerai mon porte-plume et t'inonderai de mon encre opaline par le côté droit.

Le Soleil était entré dans le miroir. La vérité ne s'y vit plus. Aussitôt éblouie et bientôt cuite, coagulée comme un œuf.

LES HIRONDELLES

OU

DANS LE STYLE DES HÍRONDELLES
(RANDONS)

Chaque hirondelle inlassablement se précipite —
·infailliblement elle s'exerce — à la signature, selon son
espèce, des cieux.

Plume acérée, trempée dans l'encre bleue-noire, tu
t'écris vite!

Si trace n'en demeure...

Sinon, dans la mémoire, le souvenir d'un élan fou-
gueux, d'un poème bizarre,

Avec retournements en virevoltes aiguës, épingles
à cheveux, glissades rapides sur l'aile, accélérations,
reprises, nage de requin.

Ah! je le sais par cœur, ce poème bizarre! mais ne
lui laisserai pas, plus longtemps, le soin de s'exprimer.

Voici les mots, il faut que je les dise.

(Vite, avalant ses mots à mesure.)

L'*Hirondelle*: mot excellent; bien mieux qu'*aronde*,
instinctivement répudié.

L'*Hirondelle*, l'*Horizondelle*: l'hirondelle, sur l'horizon,
se retourne, en nage-dos libre.

L'*Ahurie-donzelle*: poursuivie — poursuivante, s'enfuit en chasse avec des cris aigus.

Flèche timide (flèche sans tige) — mais d'autant véloce et vorace — tu vibres en te posant; tu clignotes de l'aile.

Maladroite, au bord du toit, du fil, lorsque tu vas tomber tu te renvoles, vite!

Tu décris un ambage aux lieux que de tomber (comme cette phrase).

Puis, — sans négliger le nid, sous la poutre du toit, où les mots piaillent : la famille famélique des petits mots à grosse tête et bec ouvert, doués d'une passion, d'une exigence exorbitantes,

Tu t'en reviens au fil, où tu dois faire nombre.

(Posément, à la ligne.)

Leur nombre — sur fond clair — à portée de lecture : sur une ligne ou deux nettement réparti, ah! que signifie-t-il?

Leur notation de l'hymne? (Ce serait trop facile.)

Le texte de leur loi? (Ah! ce serait ma loi!)

Nombreuses dans le ciel — par ordre ou pour question — sur ce bord, pour l'instant, les voici ralliées.

Mais quel souci leur vient, qui d'un seul coup les rafle?

Toutes, à corps perdu, soudain se précipitent.

Elles sont infaillibles.

Pas un de leurs randons — pour variés qu'ils soient, et quel qu'en soit le risque — qui ne le leur confirme.

Mais nulle n'y peut croire; à nulle il n'en souvient; et chacune s'exerce infatigablement.

Chacune, à corps perdu lancée parmi l'espace, passe, à signer l'espace, le plus clair de son temps.

Flammèches d'alcool, flammes bleues! (je veux dire à la fois flamme et flèche).

Flammes isolées, qui de leur propre chef vont fort loin — fort vite au loin, et plus capricieusement que des flèches.

Sont-elles dirigées, de l'intérieur, par elles-mêmes? Grâce à ce petit réchaud — d'alcool à perpétuité — qu'elles ont?

Par ce petit réchaud — âme et volonté — qu'elles ont?

Ou plutôt, à distance, par l'espèce?

Par ce curieux trolleybus-fantôme de l'espèce tour à tour ébattues, suscitées sur les fils?

Quoi qu'il en soit, ce sont les flammes, ce sont les flèches que nous sentons les plus proches de nous; et presque qui font partie de nous, qui sont nôtres.

Elles font dans les cieux ce que ne sachant faire, nous ne pouvons que souhaiter; dont nous ne pouvons avoir qu'idée.

Plus souples à la fois et plus roides, elles ressemblent à notre âme, à notre désir parfois.

Mais elles ne sont pas que cela; que des idées, des gestes à nous : attention!

Parmi les animaux, ce sont ceux qui se rapprochent le plus de la flamme, de la flèche.

Elles partent de nous, et ne partent pas de nous : pas d'illusions!

S'il nous fallait faire ce qu'elles font!

Elles nous mettent, elles nous jettent en position de spectateurs.

Voyez! Ce masque vénitien des hirondelles : plutôt, même, extrême-oriental.

Ces yeux tirés, ces bouches fendues. Fendues comme par un sabre; le sabre de la vitesse.

Casques et costumes : ces combinaisons, où les lunettes prennent la plus grande importance ; tout — à partir de là — s'étirant vers les côtés des tempes vers les oreilles — jusqu'à l'extrémité des ailes !

Soyons donc un peu plus humains à leur égard ; un peu plus attentifs ; considératifs ; sérieux.

Leur distance à nous, leur différence, ne viendrait-elle pas, précisément, du fait que ce qu'elles ont de proche de nous est terriblement violenté, contraint par leur autre proximité — celle à des signes abstraits : flammes ou flèches ?

Par quelque supériorité, virtuosité particulière, que nous avons su éviter ?

Et voici ce qui dans leur condition, peut-être, est atroce : elles ne se déshabillent, ne se démaquillent jamais !

Concevez cela ! S'être réduit à si peu de chose contraint à de tels étirements, de telles grimaces ; s'être corseté ainsi — et ne plus pouvoir revenir à une autre condition... Oh ! les malheureuses !

Sport cruel !

Non seulement chasse entre elles, mais sport.

Deux hirondelles volant de front créent un rail grinçant surtout à l'endroit des courbes.

Mais le plus souvent elles se poursuivent, en file indienne.

Leur émulation : elles s'y excitent.

Pourtant, il semble que dans les hauteurs de l'atmo, sphère parfois elles aillent voler seules, plus calmement

Relâchant dès l'instant leur style alimentaire, sensibles aussitôt au mouvement des sphères.

Passives, otieuses (dans ces parages-là n'y ayant

plus d'insectes); du tiers comme du quart se balançant du reste, et jouant à plaisir l'indétermination.

Bientôt, la nuit venue — et tombant de sommeil — elles nichent au repos sous les toits, sous les auvents.

Très pareilles pour moi à ces wagonnets électriques, rangés — chez le plus intuitif de mes petits camarades — sur des étagères touchant presque au plafond.

C'est là qu'au point du jour en songe elles frémissent.

Les circuits — j'allais dire « voltaïques » — des hirondelles : quel malheur d'en arriver là!

Bonheur-malheur des hirondelles. J'ai déjà écrit : « les malheureuses » : pourquoi?

Ce bonheur-malheur, serait-ce à cause de leur cruauté? La cruauté, serait-ce bonheur-malheur?

Parfois, quand elles se posent, elles halètent.
Leur désespoir les reprend.
Elles attendent dieu sait quoi, l'œil rond.

Mais allez donc, hirondelles!
Hirondelles, à tire-d'aile,
Contre le hasard infidèle,
Contre mauvaise fortune bon cœur!

Ce qu'on sait, et ce qu'on ne sait pas...
Féroces et stridentes hirondelles, au petit matin.
Excitées par le tintement des cloches du couvent des ignorantins (les hommes).

Les bruits de la ville et de la campagne reprennent. Les innocents se réveillent; se lèvent les premiers. Seuls, jusqu'à une certaine heure. Ils ouvrent les robinets — l'eau bruisse et s'écoule; mettent en marche les moteurs, font hululer les locomotives. Tandis que les oiseaux, dans la fraîcheur de la nouvelle lumière, roucoulent.

Plus tard seulement — quand déjà les crieurs de journaux, les autos qui ont jeté les paquets aux portes des dépositaires, les facteurs triant les dépêches leur auront préparé le terrain — les assassins, les maîtres se réveilleront; se frotteront les yeux, se disant : « Où en sommes-nous? » et reprendront, avec leur cœur de proie, leur exécrable tâche.

Huées *in excelsis!*

Hirondelles, à tire-d'aile,
Huez le hasard infidèle!
Hirondelles, et allez donc!
Huez donc!
Contre mauvaise fortune, bon cœur!

Accélérez l'allure!
Accentuez vos cris!
Courez, volez les insectes aux cieux!
Pourchassez ces vies infimes,
Terrifiez-les par vos cris!

Pourchassez ces mots infimes,
Absorbez ces minuscules,
Nettoyez l'azur des cieux!
Récriez-vous, hirondelles!
Et vous dispersant aux cieux,
Quittant enfin cette page,
Enfuyez-vous en chasse avec des cris aigus!

Tel est, dans le style des hirondelles, le sens à mon avis de leurs incorrigibles randons.

LA NOUVELLE ARAIGNÉE

Au lieu de tuer tous les Caraïbes,
il fallait peut-être les séduire par des
spectacles, des funambules, des tours
de gibecière et de la musique.

(Voltaire.)

Dès le lever du jour il est sensible en France — bien
que cela se trame dans les coins — et merveilleusement
confus dans le langage, que l'araignée avec sa toile ne
fasse qu'un.
Si bien — lorsque pâlit l'étoile du silence dans nos
petits préaux comme sur nos buissons —
Que la moindre rosée, en paroles distinctes,
Peut nous le rendre étincelant.

Cet animal qui, dans le vide, comme une ancre de
navire se largue d'abord,
Pour s'y — voire à l'envers — maintenir tout de suite
— Suspendu sans contexte à ses propres décisions —
Dans l'expectative à son propre endroit,
— Comme il ne dispose pourtant d'aucun employé à
son bord, lorsqu'il veut remonter doit ravaler son filin :

Pianotant sans succès au-dessus de l'abîme,
C'est dès qu'il a compris devoir agir autrement.

Pour légère que soit la bête, elle ne vole en effet,
Et ne se connaît pas brigande plus terrestre, déter-
minée pourtant à ne courir qu'aux cieux.
Il lui faut donc grimper dans les charpentes, pour
— aussi aériennement qu'elle le peut — y tendre ses
enchevêtrements, dresser ses barrages, comme un
bandit par chemins.

Rayonnant, elle file et tisse, mais nullement ne
brode,
Se précipitant au plus court;
Et sans doute doit-elle proportionner son ouvrage
à la vitesse de sa course comme au poids de son corps,
Pour pouvoir s'y rendre en un point quelconque
dans un délai toujours inférieur à celui qu'emploie le
gibier le plus vibrant, doué de l'agitation la plus sen-
sationnelle, pour se dépêtrer de ces rets :
C'est ce qu'on nomme le rayon d'action,
Que chacune connaît d'instinct.

Selon les cas et les espèces — et la puissance d'ail-
leurs du vent —,
Il en résulte :
Soit de fines voilures verticales, sorte de brise-bise
fort tendus,
Soit des voilettes d'automobilistes comme aux temps
héroïques du sport,
Soit des toilettes de brocanteurs,
Soit encore des hamacs ou linceuls assez pareils à
ceux des mises au tombeau classiques.

Là-dessus elle agit en funambule funeste :
Seule d'ailleurs, il faut le dire, à nouer en une ces deux notions,
Dont la première sort de corde tandis que l'autre,
évoquant les funérailles, signifie souillé par la mort.

Dans la mémoire sensible tout se confond.
Et cela est bien,
Car enfin, qu'est-ce que l'araignée? Sinon l'entéléchie, l'âme immédiate, commune à la bobine, au fil, à la toile,
A la chasseresse et à son linceul.

Pourtant, la mémoire sensible est aussi cause de la raison,
Et c'est ainsi que, de *funus* à *funis*,
Il faut remonter,
A partir de cet amalgame,
Jusqu'à la cause première.

Mais une raison qui ne lâcherait pas en route le sensible,
Ne serait-ce pas cela, la poésie :

Une sorte de *syl-lab-logisme?*
Résumons-nous.

L'araignée, constamment à sa toilette
Assassine et funèbre,
La fait dans les coins;
Ne la quittant que la nuit,
Pour des promenades,
Afin de se dégourdir les jambes.

Morte, en effet, c'est quand elle a les jambes ployées
et ne ressemble plus qu'à un filet à provisions,
Un sac à malices jeté au rebut.

Hélas ! Que ferions-nous de l'ombre d'une étoile,
Quand l'étoile elle-même a plié les genoux ?

La réponse est muette,
La décision muette :

(L'araignée alors se balaye...)

Tandis qu'au ciel obscur monte la même étoile — qui
nous conduit au jour.

L'ABRICOT

La couleur abricot, qui d'abord nous contacte, après s'être massée en abondance heureuse et bouclée dans la forme du fruit, s'y trouve par miracle en tout point de la pulpe aussi fc : que la saveur soutenue.

Si ce n'est donc jamais qu'une chose petite, ronde, sous la portée presque sans pédoncule, durant au tympanon pendant plusieurs mesures dans la gamme des orangés,

Toutefois, il s'agit d'une note insistante, majeure.

Mais cette lune, dans son halo, ne s'entend qu'à mots couverts, à feu doux, et comme sous l'effet de la pédale de feutre.

Ses rayons les plus vifs sont dardés vers son centre. Son rinforzando lui est intérieur.

Nulle autre division n'y est d'ailleurs préparée, qu'en deux : c'est un cul d'ange à la renverse, ou d'enfant-jésus sur la nappe,

Et le bran vénitien qui s'amasse en son centre, s'y montre sous le doigt dans la fente ébauché.

On voit déjà par là ce qui, l'éloignant de l'orange, le rapprocherait de l'amande verte, par exemple.

Mais le feutre dont je parlais ne dissimule ici aucun bâti de bois blanc, aucune déception, aucun leurre : aucun échafaudage pour le studio.

Non. Sous un tégument des plus fins : moins qu'une peau de pêche : une buée, un rien de matité duveteuse — et qui n'a nul besoin d'être ôté, car ce n'est que le simple retournement par pudeur de la dernière tunique — nous mordons ici en pleine réalité, accueillante et fraîche.

Pour les dimensions, une sorte de prune en somme, mais d'une tout autre farine, et qui, loin de se fondre en liquide bientôt, tournerait plutôt à la confiture.

Oui, il en est comme de deux cuillerées de confiture accolées.

Et voici donc la palourde des vergers, par quoi nous est confiée aussitôt, au lieu de l'humeur de la mer, celle de la terre ferme et de l'espace des oiseaux, dans une région d'ailleurs favorisée par le soleil.

Son climat, moins marmoréen, moins glacial que celui de la poire, rappellerait plutôt celui de la tuile ronde, méditerranéenne ou chinoise.

Voici, n'en doutons pas, un fruit pour la main droite, fait pour être porté à la bouche aussitôt.

On n'en ferait qu'une bouchée, n'était ce noyau fort dur et relativement importun qu'il y a, si bien qu'on en fait plutôt deux, et au maximum quatre.

C'est alors, en effet, qu'il vient à nos lèvres, ce noyau, d'un merveilleux blond auburn très foncé.

Comme un soleil vu sous l'éclipse à travers un verre fumé, il jette feux et flammes.

Oui, souvent adorné encore d'oripeaux de pulpe, un vrai soleil more-de-Venise, d'un caractère fort renfermé, sombre et jaloux,

Pource qu'il porte avec colère — contre les risques d'avorter — et fronçant un sourcil dur voudrait enfouir au sol la responsabilité entière de l'arbre, qui fleurit rose au printemps.

LA FIGUE (SÈCHE)

Pour ne savoir pas trop ce qu'est la poésie (nos rapports avec elle sont incertains), cette figue sèche, en revanche (tout le monde voit cela), qu'on nous sert, depuis notre enfance, ordinairement aplatie et tassée parmi d'autres hors de quelque boîte, — comme je la remodèle entre le pouce et l'index avant de la croquer, je m en forme une idée aussitôt toute bonne à vous être d'urgence quittée.

Pauvre chose qu'une figue sèche, seulement voilà une de ces façons d'être (j'ose le dire) ayant fait leurs preuves, qui les font quotidiennement encore et s'offrent à l'esprit sans lui demander rien en échange sinon cette constatation elle-même, et le minimum de considération qui en résulte.

Mais nous plaçons ailleurs notre devoir.

Symmaque (selon Larousse), grand païen de Rome, se moquait de l'empire devenu chrétien : « Il est impossible, disait-il, qu'un seul chemin mène à un mystère aussi sublime. » Il n'eut pas de postérité spirituelle, mais devint beau-père de Boèce, l'auteur de *La Conso-*

lation philosophique; puis, tous deux furent mis à mort par l'empereur barbare Théodoric, en 525 (barbare et chrétien, je suppose).

Cela fait, il fallut attendre plusieurs siècles pour que l'on rebaisse les yeux et regarde à nouveau par terre; jusqu'à ce qu'un beau jour enfin (selon Du Cange) : « Icelly du Rut trouva un petit sachet où il y avait mitraille, qui est appelée billon. »

La belle affaire!

Pour ma part, ces jours-ci, j'ai trouvé cette figue, qui sera l'un des éléments de ma consolation matérialiste.

Non du tout qu'entre temps plusieurs tentatives n'aient été faites (ou approximations — en sens inverse — tentées) dont les souvenirs ou vestiges restent touchants.

Ainsi avez-vous pu, comme moi, rencontrer dans la campagne, au creux d'une région bocagère, quelque église ou chapelle romane, comme un fruit tombé.

Bâtie sans beaucoup de façons, l'herbe, le Temps, l'oubli l'ont rendue extérieurement presque informe; mais parfois, le portail ouvert, un autel rutilant luit au fond.

La moindre figue sèche, la pauvre gourde, à la fois rustique et baroque, certes ressemble fort à cela, à ceci près, pourtant, qu'elle me paraît beaucoup plus sainte encore; quelque chose, si vous voulez, — dans le même genre, bien que d'une modestie inégalable —, comme une petite idole, dans notre sensibilité, d'une réussite à tous égards plus certaine : incomparablement plus ancienne et moins inactuelle à la fois.

Si je désespère, bien sûr, d'en tout dire, si mon esprit, avec joie, la restitue bientôt à mon corps, ce ne soit donc sans lui avoir rendu, au passage, le bref culte à ma façon qui lui revient, ni plus ni moins intéressé qu'il ne faut.

Voilà l'un des rares fruits, je le constate, dont nous puissions, à peu de chose près, manger tout : l'enveloppe, la pulpe, la graine ensemble concourant à notre délectation; et peut-être bien, parfois, n'est-ce qu'un grenier à tracasseries pour les dents : n'importe, nous l'aimons, nous la réclamons comme notre tétine; une tétine, par chance, qui deviendrait tout à coup comestible, sa principale singularité, à la fin du compte, étant d'être d'un caoutchouc desséché juste au point qu'on puisse, en accentuant seulement un peu (incisivement) la pression des mâchoires, franchir la résistance — ou plutôt non-résistance, d'abord, aux dents, de son enveloppe — pour, les lèvres déjà sucrées par la poudre d'érosion superficielle qu'elle offre, se nourrir de l'autel scintillant en son intérieur qui la remplit toute d'une pulpe de pourpre gratifiée de pépins.

Ainsi de l'élasticité (à l'esprit) des paroles, — et de la poésie comme je l'entends.

Mais avant de finir, je veux dire un mot encore de la façon, particulière au figuier, de sevrer son fruit de sa branche (comme il faut faire aussi notre esprit de la lettre) et de cette sorte de rudiment, dans notre bouche : ce petit bouton de sevrage — irréductible — qui en résulte. Pource qu'il nous tient tête, sans doute n'est-ce pas grand'chose, ce n'est pas rien.

Posé en maugréant sur le bord de l'assiette, ou mâchonné sans fin comme on fait des proverbes : absolument compris, c'est égal.

Tel soit ce petit texte : beaucoup moins qu'une figue (on le voit), du moins à son honneur nous reste-t-il, peut-être.

Par nos dieux immortels, cher Symmaque, ainsi soit-il.

LA CHÈVRE

« Et si l'enfer est fable au centre
de la terre,
            Il est vrai dans mon sein. »
                    (Malherbe.)

                              À Odette.

Notre tendresse à la notion de la chèvre est immédiate pource qu'elle comporte entre ses pattes grêles
— gonflant la cornemuse aux pouces abaissés que la
pauvresse, sous la carpette en guise de châle sur son
échine toujours de guingois, incomplètement dissimule
— tout ce lait qui s'obtient des pierres les plus dures
par le moyen brouté de quelques rares herbes, ou pam-
pres, d'essence aromatique.

Broutilles que tout cela, vous l'avez dit, nous dira-
t-on. Certes; mais à la vérité fort tenaces.

Puis cette clochette, qui ne s'interrompt.

Tout ce tintouin, par grâce, elle a l'heur de le croire,

en faveur de son rejeton, c'est-à-dire pour l'élevage de ce petit tabouret de bois, qui saute des quatre pieds sur place et fait des jetés battus, jusqu'à ce qu'à l'exemple de sa mère il se comporte plutôt comme un escabeau, qui poserait ses deux pieds de devant sur la première marche naturelle qu'il rencontre, afin de brouter toujours plus haut que ce qui se trouve à sa portée immédiate.

Et fantasque avec cela, têtu!

Si petites que soient ses cornes, il fait front.

Ah! ils nous feront devenir chèvres, murmurent-elles — nourrices assidues et princesses lointaines, à l'image des galaxies — et elles s'agenouillent pour se reposer. Tête droite, d'ailleurs, et le regard, sous les paupières lourdes, fabuleusement étoilé. Mais, décru-cifiant d'un brusque effort leurs membres raides, elles se relèvent presque aussitôt, car elles n'oublient pas leur devoir.

Ces belles aux longs yeux, poilues comme des bêtes, belles à la fois et butées — ou, pour mieux dire, belzé-buthées — quand elles bêlent, de quoi se plaignent-elles? de quel tourment, quel tracas?

Comme les vieux célibataires elles aiment le papier-journal, le tabac.

Et sans doute faut-il parler de corde à propos de chèvres, et même — quels tiraillements! quelle douce obstination saccadée! — de corde usée jusqu'à la corde, et peut-être de mèche de fouet.

Cette barbiche, cet accent grave...

Elles obsèdent les rochers.

Par une inflexion toute naturelle, psalmodiant dès lors quelque peu — et tirant nous aussi un peu trop sur la corde, peut-être, pour saisir l'occasion verbale par les cheveux — donnons, le menton haut, à entendre que chèvre, non loin de cheval, mais féminine à l'accent grave, n'en est qu'une modification modulée, qui ne cavale ni ne dévale mais grimpe plutôt, par sa dernière syllabe, ces roches abruptes, jusqu'à l'aire d'envol, au nid en suspension de la muette.

Nulle galopade en vue de cela pourtant. Point d'emportement triomphal. Nul de ces bonds, stoppés, au bord du précipice, par le frisson d'échec à fleur de peau du chamois.

Non. D'être parvenue pas à pas jusqu'aux cimes, conduite là de proche en proche par son étude — et d'y porter à faux — il semble plutôt qu'elle s'excuse, en tremblant un peu des babines, humblement.

Ah! ce n'est pas trop ma place, balbutie-t-elle; on ne m'y verra plus; et elle redescend au premier buisson.

De fait, c'est bien ainsi que la chèvre nous apparaît le plus souvent dans la montagne ou les cantons déshérités de la nature : accrochée, loque animale, aux buissons, loques végétales, accrochés eux-mêmes à ces loques minérales que sont les roches abruptes, les pierres déchiquetées.

Et sans doute ne nous semble-t-elle si touchante que pour n'être, d'un certain point de vue, que cela : une loque fautive, une harde, un hasard misérable; une approximation désespérée; une adaptation un peu sordide à des contingences elles-mêmes sordides; et presque rien, finalement, que de la charpie.

Et pourtant, voici la machine, d'un modèle cousin du nôtre et donc chérie fraternellement par nous, je veux dire dans le règne de l'animation vagabonde dès longtemps conçue et mise au point par la nature, pour obtenir du lait dans les plus sévères conditions.

Ce n'est qu'un pauvre et pitoyable animal, sans doute, mais aussi un prodigieux organisme, un être, et il fonctionne.

Si bien que la chèvre, comme toutes les créatures, est à la fois une erreur et la perfection accomplie de cette erreur; et donc lamentable et admirable, alarmante et enthousiasmante tout ensemble.

Et nous? Certes nous pouvons bien nous suffire de la tâche d'exprimer (imparfaitement) cela.

Ainsi aurai-je chaque jour jeté la chèvre sur mon bloc-notes : croquis, ébauche, lambeau d'étude, — comme la chèvre elle-même est jetée par son propriétaire sur la montagne; contre ces buissons, ces rochers — ces fourrés hasardeux, ces mots inertes — dont à première vue elle se distingue à peine.

Mais pourtant, à l'observer bien, *elle* vit, *elle* bouge un peu. Si l'on s'approche elle tire sur sa corde, veut s'enfuir. Et il ne faut pas la presser beaucoup pour tirer d'elle aussitôt un peu de ce lait, plus précieux et parfumé qu'aucun autre — d'une odeur comme celle de l'étincelle des silex furtivement allusive à la métallurgie des enfers — mais tout pareil à celui des étoiles jaillies au ciel nocturne en raison même de cette violence, et dont la multitude et l'éloignement infinis seulement, font de leurs lumières cette laitance —

breuvage et semence à la fois — qui se répand ineffablement en nous.

Nourrissant, balsamique, encore tiède, ah ! sans doute, ce lait, nous sied-il de le boire, mais de nous en flatter nullement. Non plus, finalement, que le suc de nos paroles, il ne nous était tant destiné, que peut-être — à travers le chevreau et la chèvre — à quelque obscure *régénération*.

Telle est du moins la méditation du bouc adulte.

Magnifique corniaud, ce songeur de grand style arborant ses idées en supporte le poids non sans quelque rancune utile aux actes brefs qui lui sont assignés.

Ces pensers accomplis en armes sur sa tête, pour des motifs de haute courtoisie ornementalement recourbés en arrière ;

Sachant d'ailleurs fort bien — quoique de source occulte, et bientôt convulsive en ses sachets profonds —

De quoi, de quel amour il demeure chargé ;

Voilà, sa phraséologie sur la tête, ce qu'il rumine, entre deux coups de boutoir.

LA VIE ET L'ŒUVRE
DE FRANCIS PONGE

Francis Ponge naît le 27 mars 1899 à Montpellier. Son père y dirige l'agence du Comptoir National d'Escompte de Paris. Famille protestante nîmoise originaire des Cévennes. Enfance à Avignon. Instruit par des précepteurs puis au lycée Frédéric-Mistral. De 1909 à 1917, il habite Caen où il entre en sixième au lycée Malherbe. Été 1914 : en Thuringe, pour perfectionner son allemand. A Paris, Ponge suit de la gare de l'Est à la Concorde un défilé organisé par Barrès. 1915 : premiers poèmes. Au baccalauréat, sa dissertation obtient la meilleure note de l'Académie. 1916-1917 : hypokhâgne à Louis-le-Grand. Mars 1918 : reçu en première année de droit et admissible à la licence de philosophie; recalé à l'oral. En avril : mobilisé à Falaise, dans l'infanterie. 1919 : admissible à l'entrée à Normale supérieure, abandonne l'oral. Il s'inscrit au parti socialiste. 1922 : premiers textes publiés dans *Le Mouton blanc*. Rencontre de Jacques Rivière et de Jean Paulhan. Ponge travaille chez Gallimard à la fabrication. 1923 : mort de son père. Parution des *Trois satires* dans la *N.R.F.* 1926 : publication presque inaperçue des *Douze petits écrits*. 1930 : participe quelques mois au mouvement surréaliste. Fiançailles avec Odette Chabanel. En 1931, il entre aux Messageries Hachette. 4 juillet : mariage. 16 janvier 1935 : naissance de sa fille Armande. 1937 : Ponge adhère au Parti communiste. 1939 : rejoint le IIIe C.O.A.

(Commis et Ouvriers d'Administration) à Rouen. Été 1942 : parution du *Parti pris des choses*. Automne : il entre dans la Résistance. 1943 : séjour à Coligny (Ain) et au Chambon (Cévennes) avec Camus. 1944 : travaille au journal communiste *Action*, qu'il quitte en 1946. L'année suivante, il ne renouvelle pas sa carte du Parti. Conférences à Paris et à Bruxelles : *La Tentative orale*. En 1948, paraissent *Proêmes* et *Le Peintre à l'étude*. Ponge collabore avec Dubuffet : *Matière et mémoire*; avec Vulliamy : *La crevette*; avec Kermadec : *Le Verre d'eau*; avec Braque : *Cinq sapates*. 1950 : Conférence à Florence et, en 1951, à Liège. 1952 : publication de *La Rage de l'expression*. Il entre à l'Alliance française. 1954 : mort de sa mère. 1955 : conférences à Gand sur Malherbe. En 1956 : hommage de la *N.R.F.* Conférences publiques à l'Alliance. 1958 : conférences à Sarrebruck, Strasbourg, Gand et Stuttgart. 1959 : Prix international de poésie à Capri et Légion d'honneur. L'année suivante, exposition à la Bibliothèque Jacques Doucet. A la Sorbonne, conférence de Sollers sur Ponge. 1961 : *Le Grand Recueil*. Conférences en Italie et Yougoslavie (« Pratique de la poésie »). 1965 : parution de *Pour un Malherbe* et de *Tome premier*. Conférences aux États-Unis. 1966 : Visiting Professor à Columbia University (New York). 1967 : publication de *Le Savon* et de *Nouveau Recueil*. 1970 : *Entretiens de Francis Ponge avec Philippe Sollers* (Gallimard/Seuil). 1971 : *La Fabrique du Pré* (Skira).

BIBLIOGRAPHIE

1926   *Douze petits écrits* (Gallimard).
1942   *Le Parti pris des choses* (Gallimard).
1948   *Proêmes* (Gallimard).
      Le Peintre à l'étude (Gallimard).
1950   *La Seine* (La Guilde du Livre, Lausanne).
1952   *La Rage de l'expression* (Mermod, Lausanne).

1961 *Le Grand Recueil :* I *Lyres*; II *Méthodes*; III *Pièces* (Gallimard).

1965 *Pour un Malherbe* (Gallimard).

Tome premier (Douze petits écrits, Le Parti pris des choses, Proêmes, La Rage de l'expression, Le Peintre à l'étude, La Seine) (Gallimard).

1967 *Le Savon* (Gallimard).

Nouveau Recueil (Gallimard).

1970 *Entretiens Ponge / Sollers* (Gallimard / Le Seuil).

1971 *La Fabrique du Pré* (Skira, Genève).

Ce volume,
le soixante-treizième de la collection Poésie
a été achevé d'imprimer sur les presses
de l'imprimerie Bussière à Saint-Amand (Cher),
le 6 novembre 1985.
Dépôt légal : novembre 1985.
1er dépôt légal de la collection : septembre 1971.
Numéro d'imprimeur : 3015.
ISBN 2-07-031873-7./Imprimé en France.

36896